Margarethe Alb

Glitzerrot

oder

Die Christbaumkugelmafia

Ein missglücktes Weihnachtswunder

Margarethe Alb

Glitzerrot
Oder
Die Christbaumkugelmafia

Autor: Margarethe Alb
Umschlaggestaltung: Margarethe Alb

ISBN: 9783750404496
Herstellung und Verlag:
BoD- Books on Demand, Norderstedt
Margarethe Alb: fb Margarethe Alb

Ähnlichkeiten mit real existierenden Personen sind rein zufällig

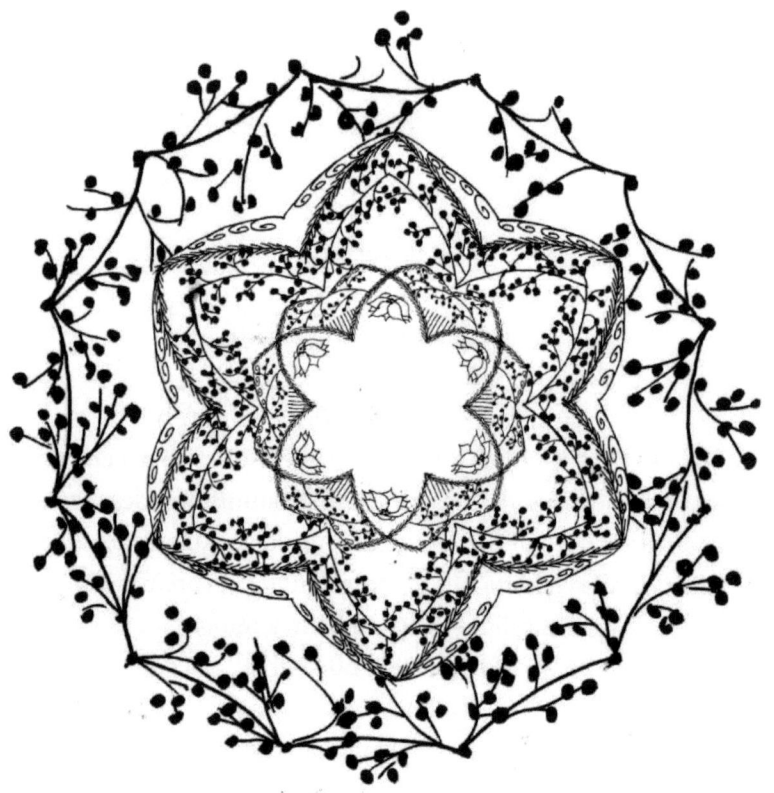

Wichtig!

Lola Kirschbaum ist Gärtnerin und Blumenhändlerin mit Leib und Seele.

Was immer sie auch tut, das macht sie mit Herz, Lola ist eben eine Glücksgeberin, wie sie im Buche steht. Mit jedem Blümchen, dass über ihren Ladentisch wandert, reicht sie ein Lächeln weiter. Ich bin in der glücklichen Lage, außer ihr noch mehr tolle Leute zu kennen, die tagtäglich einfach so ebenfalls Lächeln und Glücksmomente an ihre Umwelt vergeben.

Und genau diesen Menschen soll dieses Büchlein ein Geschenk sein. Wer es liest, wird schnell herausfinden, wen ich meine. Da finden sich nicht nur meine allerliebsten Leser (zumindest einige davon), die die Geschichte unterwandern, sondern auch einige supernette Menschen, die mich auf meinem Weg durch den Alltag unterstützen. Ihr wisst es, wenn Ihr es gelesen habt! Oder so.

Jedenfalls glaubt Lola glücklich zu sein, bis sich plötzlich zu Beginn der Adventszeit jede Menge zerbrochener Christbaumschmuck vor ihrer Tür anfindet.

Aber nicht auf einmal. Das wäre ja zu einfach. Nein, jeden Tag findet sie genau eine zerbrochene Weihnachtskugel auf der Türmatte.

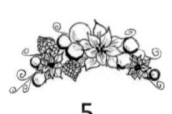

Die Scherben bedeuten aber nicht nur Splitter im halben Haus, sie bringen auch Unfrieden und Ärger in Lolas Beziehung. Sie sind ein echtes Ärgernis.

Was auch immer sie unternimmt, das Ärgernis bleibt. Der Kugelwerfer bleibt unauffindbar.

Das heimelige Gefühl, welches Lola mit der Weihnachtszeit verbindet, scheint sich in die unergründlichen Weiten des Weltalls zurückzuziehen. Es scheint, als solle es in diesem Jahr kein Weihnachtswunder für Lola Kirschbaum geben.

Oder doch? Vielleicht? Eventuell?

Hoffen darf man ja wohl noch!

Inhalt

....1

Wichtig! 5

1..9

2 12

3 16

4 20

5 25

6 31

7 34

8 38

9 42

10 46

11 52

12 57

13 61

14 71

15 74

16 80

17 84

18 87

19 90

20 95

21 98

22 101

23 105

24 112

Was noch zu sagen waere 116

Buecher aus Margarethes Feder:.......................................117

1

Hast du da draußen etwa schon wieder etwas von deinem schrecklichen Krempel fallen lassen? Kannst du nicht aufpassen?" Torben warf einen seiner berüchtigten strafenden Blicke zu Lola. Sie wusste, dass er ihren Dekorationswahn, wie er es immer nannte, nicht leiden konnte, war sich dieses eine Mal aber keiner Schuld bewusst. Sie unterdrückte ein Augenverdrehen und schüttelte stattdessen simpel mit dem Kopf.

„Was soll ich denn fallen gelassen haben?" Der muskelbepackte Hüne mit der angesäuerten Miene schnaubte ungläubig, während er Lola selbstgefällig musterte.

„Als wenn du das nicht ganz genau wüsstest." Nachdem sie in aller Ruhe das letzte Glas abgetrocknet hatte, legte Lola das Geschirrtuch mit dem hübschen Kirschdruck zur Seite und ging zur Haustür, um sich die Bescherung anzuschauen. Regen peitschte von außen gegen das Milchglas, welches in der Mitte eigelassen war. Vorsichtig, um nur nicht zu viel Nässe ins Haus zu lassen, zog sie die Tür einen Spalt weit auf. Auf der breiten Stufe lagen, direkt auf dem neuen Abtreter, rote Glasscherben. Die hauchfeinen Stücke schienen von einer großen Weihnachtskugel zu stammen. Seufzend schloss Lola die Tür, um ein Kehrblech samt Besen zu holen.

Das war bereits der dritte Tag, an dem sie dieser Anblick erwartete. Irgendjemand zerschmiss allnächtlich eine hauchzarte rote Kugel an ihrer Haustür.

Der goldene Aufhänger baumelte an einem roten Satinbändchen vom Türgitter, als wolle er die Bewohner des Hauses verhöhnen.

Lola sammelte die gröbsten Scherben auf das Blech und holte den Staubsauger. Die dämlichen Splitter waren nämlich einfach überall im Abtreter. Die Gefahr, die Dinger im Haus zu verteilen, war Lola zu groß. Sie hatte am Vortag schon einen in ihren Latschen eingetreten, der dann gemeinerweise für einen tiefen Kratzer im nagelneuen Laminat des Wohnzimmers gesorgt hatte. Zum Glück hatte sie diesen mit einem Wachsstift kaschieren können, bevor Torben nach Hause gekommen war. Sein Laminat war ihm heilig, obwohl es doch nur ein Abklatsch schönen Holzes war. Lola hatte den hauchdünnen, beschichteten Furnieren noch nie etwas abgewinnen können. Aber Torben liebte eben das angeblich so pflegeleichte Material.

Wie so häufig, hatte Lola um des lieben Frieden Willens nachgegeben und ihn das Zeug im halben Haus verlegen lassen.

Seit sie umgezogen waren, hatte sich das Verhältnis zwischen ihnen beiden von Woche zu Woche angespannt. Obwohl sie beinahe schon krampfhaft versucht war, es ihm gemütlich, und soweit es ging recht, zu machen.

Lola hatte das Gefühl, dass es nur noch ein glimmendes Streichholz brauchte, damit ihnen das Konstrukt ihrer Beziehung um die Ohren flog.

Sie entsorgte alle Reste, derer sie habhaft werden konnte und brachte dem vor sich hin grummelnden Torben seinen geliebten Linseneintopf auf den Tisch.

2

Der Regen vor den Scheiben des hell erleuchteten Gewächshauses wurde immer dichter. Lola hatte das untrügliche Gefühl in den kalten Füßen, dass die großen Tropfen schon sehr bald von schweren, klatschnassen Schneeflocken abgelöst werden würden. Sie drehte das Thermostat der Heizung ein wenig höher und fuhr damit fort, kleine Zuckerhutfichten in weiß gekalkte Körbchen zu pflanzen. Kaum waren die Bäumchen in ihren Körben, holte sie die Kisten mit den weihnachtlichen Dekorationen aus dem Lager und verzierte die Fichten liebevoll. Lola band winzige rote Kugeln zu Bündeln, hängte diese in die Zweige und gab kleine Zuckerstangen aus Lindenholz dazu. Jeweils ein silbern gesprühter Stern aus Baumrinde vervollständigte die Dekoration. Sie klemmte diese an die Spitzen der Bäumchen. Zu guter Letzt wand Lola Lichterketten, die nur aus Draht und winzigen LEDs bestanden um die Fichten.

Sie trat zurück und nickte zufrieden. In ihrer kleinen Gärtnerei war sie glücklich. Gerade die beiden Glashäuser kamen ihr immer wieder wie durchscheinende Blasen vor, die sie vor den Unwirtlichkeiten des alltäglichen Daseins beschützten. Aber diesen Effekt hatten nicht nur die Gewächshäuser. Das daran angeschlossene Haus strahlte ebenso zunehmend Wärme und Gemütlichkeit aus.

Lola strich nachdenklich über die Zweige des letzten Bäumchens, während sie sich umsah und den Blick auf die rückwärtigen Fenster des Hauses lenkte. Grün lackierte Fensterläden mit zierlichen Ausschnitten in Herzform beschützten diese vor der Witterung. Schmiedeeiserne Gestelle hielten Blumenkästen, die, passend zur Jahreszeit, mit immergrünen Zweigen besteckt und von funkelnden Lichterketten umrankt waren.

Hier konnte sie hoffentlich endlich Wurzeln schlagen, was ihr bislang in keinem ihrer Häuser wirklich gelungen war. Lola packte die Baumkörbchen in einen alten Weidenkorb und trug diesen nach vorn in den ganz in Pastelltönen gehaltenem Laden. Die kleine, nostalgische Messingglocke über der gläsernen Tür bimmelte aufgeregt, als zwei junge Frauen fröhlich schwatzend hereintraten und die bunten Regenschirme in dem großen, gusseisernen Ständer neben dem Eingang abstellten. Eine der beiden schüttelte sich, dass die eiskalten Tröpfchen nur so flogen.

„Hallo, Lola. Wir waren gerade in der Gegend." Lola wischte sich die Hände an ihrer altmodischen Latzschürze ab und trat um den Tresen herum, um die Neuankömmlinge zu umarmen.

„Lisa, Sophia, wie schön euch zu sehen." Die beiden Frauen führten „Lisas Blütenparadies", wobei sich die eine um die Blüten und vielerlei Dekorationen kümmerte und die Andere traumhafte Kleinigkeiten aus Garnen und Stoffen fertigte. Wann immer sie sich trafen, hatten sie viel zu schwatzen und zu bereden.

„Du machst das, um mich auf die Palme zu bringen, Weib!" Torben kam wie von Sinnen in die Küche gerauscht, wo das Trio gerade dabei war, die ersten Lebkuchen der Saison zu verputzen. Er stockte, als wäre er vor eine Scheibe gelaufen. Nur, dass es nicht klirrte.

„Auch das doch. Der Hexenzirkel. Muss das sein? Könnt ihr euch nicht irgendwo treffen, wo ich es nicht mitbekommen muss?"

„Torben. Benimm dich." Lola seufzte genervt auf. Aber Torben war offenbar noch genervter als sie. Er baute sich in seiner ganzen eindrucksvollen Massigkeit neben dem Küchentisch auf und beute sich drohend über Lola.

„Warum sollte ich es auch nur in Betracht ziehen, mich denen gegenüber zurückzuhalten? Immerhin ist es mein Zuhause und die gehören nicht hierher."

Sophia legte Lola eine Hand auf die Schulter, als sie sich erhob und Lisa mit einer Geste anwies, ihren Kaffeebecher ebenfalls stehenzulassen.

„Wir telefonieren, Liebes. Das Wetter scheint noch schlechter zu werden, wir fahren lieber." So viel zu einem gemütlichen Nachmittag in netter Gesellschaft. Weiblicher Gesellschaft, wohlgemerkt. Torbens Kumpel waren immer willkommen und Lola hätte sich nie gewagt, etwas gegen seinen Freundeskreis zu sagen. Jeder verdiente ein eigenes Leben. Aber manchmal eben der eine mehr als andere. Lola kroch unter Torben hervor und brachte die Freundinnen zur Tür.

Als sie diese aufzog stellte sie fest, dass diese recht gehabt hatten. Das Wetter war umgeschlagen und der Wind wehte dicke, klatschnasse Schneeflocken herein. Es knirschte laut, als Lisa an ihr vorbei nach draußen trat.

„Oh nein. Nicht schon wieder." Die Frauen starrten gemeinsam auf die Reste einer scharlachroten Christbaumkugel.

„Warte, Lola, die Dinger liegen bei dir auch vor der Tür?"

„Was soll das heißen? Ihr findet auch Scherben? Beschmeißt man eure Türen auch?" Lisa seufzte.

„Jeden Morgen, wenn ich in den Laden komme, liegen sie da. Seit einer Woche ist es meine erste Handlung, Scherben aufzukehren." Die Kälte war vergessen. Sie diskutierten draußen in der kalten Nässe hin und her. Hatte irgendjemand etwas gegen Weihnachtsdekorationen, oder konnte einfach nur keine Blumenläden leiden? Handelte es sich um einen dummen Scherz? Aber sie lebten ja nicht einmal im selben Ort. So einen Zufall konnte es doch nicht geben. Egal, wie sie es drehten und wendeten, es blieb ein Mysterium. Und eigentlich war es auch nicht wichtig. Da lag einfach mindestens einmal täglich eine zerbrochene Kugel vor der Tür. Es war ja nicht so, als hätte man abgetrennte Pferdeköpfe auf die Abtreter geworfen. Oder sonstige eklige Dinge.

3

Der erste Advent stand bevor und Lola rotierte im Laden. Sie nannte es alljährlich besinnlichen Stress. Einen Stress, den sie nur zu gern auf sich nahm. Sie hatte es aufgegeben zu zählen, wie viele Adventskränze und Gestecke sie bisher verkauft hatte. Nicht mehr lange, und die Leute würden ihre hübsch geschmückten kleinen und auch die großen, puren Weihnachtsbäume kaufen.

Bis dahin standen noch der Adventsmarkt und viele arbeitsreiche Tage an, an denen sie den Hauptumsatz des Jahres machte. Heute musste sie besonders flink sein, da sich für den Abend ihre Schwester angekündigt hatte.

Luise tanzte in einem namhaften Showballett den weiblichen Solopart und war in der Weihnachtszeit normalerweise fast durchgehend auf Tour. An diesem Abend waren sie und ihr Göttergatte in der Nähe. Als kleine, wunderbare Zugabe hatte deren kleiner Sohn Jakob angerufen und seiner Tante ganz aufgeregt berichtet, dass er mitzukommen gedachte.

Als Zwillingsschwestern standen Lola und Luise sich sehr nahe und Jakob ersetzte Lola ein wenig das Kind, dass sie in ihrem eigenen Dasein so sehr vermisste.

Der kleine, bezaubernde Junge war seit seiner Geburt das von seiner Tante am meisten verwöhnte Wesen der ganzen

Welt und Lola gedachte auch nicht, das jemals zu ändern. Der Abend versprach das Highlight der Adventszeit zu werden.

Trotzdem mussten vorher die zahlreichen Kunden bedient, Plätzchen an Kinder verschenkt und die Pflanzen gepflegt werden.

In einem ruhigeren Augenblick zog sie sich in die Küche zurück und füllte Wasser in den nostalgischen Wasserkessel. Lola drehte den modernen Gasherd an und löffelte den selbsthergestellten Früchtetee in ihre alte, über alles geliebte Porzellanteekanne mit dem dunkel verfärbten Riss am Rand.

Torben lehnte mit verschränkten Armen in der Tür und beobachtete sie kauend. Den Krümeln nach war er über die Dose mit dem Spekulatius hergefallen, die auf der Anrichte stand. Lola kramte eine bauchige Tasse aus dem Schrank und wandte sich ihm zu.

„Denkst du daran, dass Luise nachher kommt und setzt schon mal Wasser für die Nudeln auf, bevor du hochgehst?" Torben sah mit starrem Blick Lola an, ganz so, als wenn er ein Reh im Scheinwerferlicht wäre.

„Das ist jetzt nicht dein Ernst. Ich habe für heute die Jungs zum Fußballgucken eingeladen. Du kannst doch nicht mit deinem Geschmeiß mit uns Fußball gucken. Das ist ein wichtiges Spiel und deine Schwester kann die Klappe nicht mal für eine Minute halten. Das wird so nichts."

„Torben. Wir haben das mehrfach besprochen und im Kalender steht es ebenso. Der Abend ist seit Wochen geplant. Ich habe extra die Öffnungszeiten verlegt."

„Was glaubt du, dass ich alle deine Termine im Kopf habe? Ich habe mir auch einen ruhigen Abend verdient. Du hast ja keine Zeit für mich. Immer arbeitest du oder hast irgendwelche Weiber im Haus. Da steht mir ein Abend mit den Jungs sehr wohl zu."

Ziemlich angesäuert schnappte Lola sich ihren Tee und zog sich in den Laden zurück, bevor sie noch etwas tat oder sagte, was sie später bereuen würde.

Aber trotzdem.

Das durfte einfach nicht wahr sein. Torben hatte nicht wirklich die Kerle eingeladen, welche sich seine Kumpel schimpften.

Lola hätte am liebsten mit dem Kopf auf die Tresenkante geschlagen. Er wusste ganz genau, wie wichtig ihr Luise war. Und wie beinahe schon gewohnt, ignorierte Torben Lolas Bedürfnisse und Pläne.

Fußball hin oder her, sie beschloss, sich diesen Abend nicht verderben zu lassen. Kurzentschlossen drehte Lola das „Geöffnet"-Schild hinter der Scheibe der Ladentür auf „Geschlossen", verließ den Verkaufsladen und schloss die Tür zum kleineren ihrer beiden Gewächshäuser auf. Feuchte Wärme und der Duft nach reichhaltiger Erde umhüllten sie augenblicklich. Sie schaltete die Beleuchtung wieder ein, die sich eigentlich bereits auf Nachtmodus gestellt hatte. Lola schaute sich um und überlegte, wie sie ihren Plan, der während der vergangenen Minuten in ihrem Kopf herangereift war, am besten umsetzen konnte. Lächelnd betrachtete sie ihre Schätze.

Hunderte leuchtend rot erblühte Weihnachtssterne standen in ihren Töpfen auf jedem verfügbaren Platz.

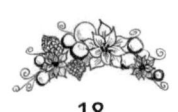

Sogar die beiden antiken Lehnstühle waren belegt. Auf deren Sitzen hatte Lola früher am Tag einige besonders hübsche Hochstämmchen zwischengelagert.

Sie packte die kleinsten Exemplare in die nostalgischen Stiegen und Kistchen, die an der Rückwand des gläsernen Häuschens aufgestapelt standen.

Diese dekorierte sie entlang der Fensterfronten teilweise in mehreren Etagen und außerdem packte sie jeweils mehrere Töpfchen auf einmal in die leeren Hängeampeln, die in einer Ecke auf die Frühjahrsbepflanzung warteten.

Nach und nach entstand ein prächtiges, farbenfrohes Weihnachtswunderland. Der alte Pflanztisch mit den gedrechselten Beiden wackelte zwar etwas, aber er würde eine hervorragende Tafel abgeben. In die Mitte des Glashauses gerückt passte er wunderbar für den Zweck des Abends. Lola holte ihr liebstes Tischtuch, das mit den feinen Lochstickereien, aus dem Schrank im Flur und begann zu dekorieren. Nur eine halbe Stunde später war sie beinahe zufrieden. Die Topfpflanzen standen an den Scheiben der bodentiefen Fenster aufgereiht, die Ampeln füllten einige Fenster aus und Reisiggirlanden umkränzten die Türen, die ins Haus und den Garten führten. Sie hatte zusätzlich noch sämtlichen erreichbaren Glasschmuck aus dem Laden geholt und in unterschiedlichen Höhen an die Rahmen des Gewächshauses gehängt. Cremeweiße Schleifen schmückten jede frei gebliebene Stelle und gläserne Windlichter mit dicken Kerzen sorgten für ein festliches Licht.

4

Lola war gerade dabei, das schlichte, weiße Geschirr aufzudecken, als sie Torben meckern hörte. Grinsend legte sie die Gabeln auf dem Tisch ab und sprintete, so schnell sie die Beine bei dem Mistwetter trugen, vor zum Haus und schlitterte gleich durch bis zur vorderen Tür. Luise breitete die zarten Arme aus und fing sie auf. Erst, als Lola sich nach viel zu kurzer Zeit von ihrem anderen Ich löste, fiel ihr auf, dass Conny seine Frau von hinten fest im Arm hielt. Lola spürte, wie ihr die Röte ins Gesicht stieg. Laut lachend löste sich der große Mann von ihnen und zog nun seinerseits Lola fest an sich.

„Hallo Kleines." Sie drückte ihrem Schwager einen festen Kuss auf die unrasierte Wange mit dem kratzigen Fünftagebart.

„Kommt rein, ihr Schneematschmonster und wärmt euch auf. Der Punsch dürfte gleich heiß sein. Geht durch ins kleine Gewächshaus."

Der rote Fruchtsaft duftete nach weihnachtlichen Gewürzen und zarter Dampf stieg aus den silbermontierten Teetassen auf, welche Lola gleich darauf auf einem angelaufenen Messingtablett ins Gewächshaus trug.

„Lola., ich glaube, dieses Mal hast du dich selber übertroffen. Aber wir haben ein kleines Problem. Der Kurze war noch mit Johannes unterwegs.

Er hatte es wirklich nötig, Zeit mit seinem Großvater zu verbringen. Jakob wird gleich von zwei Kollegen Connys gebracht. Ich hoffe, du hast nichts dagegen, dass wir die Jungs einfach eingeladen haben. Jakob hat gebettelt, bis wir nachgegeben haben." Lola holte, anstatt zu antworten, Teller und Gläser. Sie deckte zwei weitere Plätze ein. Vermutlich war es Johannes gewesen, der sich nach seinem Enkel gesehnt hatte. Egal, wie herum es wirklich war, die beiden waren ein Traumteam. Und dass Conny seine Mitstreiter einfach zu Familienfeiern mitbrachte, war sowieso normal. Sie waren alle eine große, eingeschworene Gemeinschaft.

„Der Nervtöter beehrt uns heute nicht?" Luise warf ihrem Gemahl einen strafenden Blick zu, der aber nur kurz schief grinsend mit den breiten Schultern zuckte. Lola hingegen schluckte. Natürlich war ihr bewusst, dass Conrad und sein ganzer Clan Torben absolut nicht riechen konnten. Ihr erwählter Mann ging den Wallenburgs absolut auf den Nerv. Aber so deutlich musste er es doch nun wirklich nicht machen. Davon abgesehen, war Torben nun einmal ihr Partner und das hatten auch die Männer von Luises Familie zu akzeptieren.

„Heute läuft ein Pokalspiel im Fernsehen. Torben und ich haben aus Versehen an einander vorbeigeredet und daher hat er seine Kumpel zum Fußballgucken da." Während Luise nur stumm die Augen verdrehte, schnaubte Conny laut auf.

„Wann willst du ihn endlich zur Hölle schicken, Lola? Der Kerl ist ein Versager, wie er im Buche steht. Du hast es doch überhaupt nicht nötig, dich an so einen zu klammern."

„Conrad!" Luise baute sich vor ihrem Gatten auf.

„Meine Schwester kann lieben, wen sie will. Und wenn sie Torben ihr Herz geschenkt hat, dann ist es eben so und du musst es akzeptieren."

„Tante Kirsche! Ich muss dir ganz schnell was erzählen. Stell dir vor, der Ludwig hat mit mir einen Schlitten gebaut! Und der ist superschnell! Ich habe sogar Opa überholt und Margarethe auch. Und die hat ja wohl den schnellsten Schlitten. Aber jetzt ist meiner besser und Grethe war kurz davor zu weinen. Onkel Clemens hat sie trösten müssen. Stell dir vor. Eine Erwachsene, die fast geheult hätte, weil ich schneller war."

Jakob warf sich mit Anlauf in Lolas Arme. Sie schnappte ihren Neffen, schwang ihn einmal im Kreis und zuckte zusammen.

„So ein Schlamassel, Tante Kirsche." Wo der Schlingel recht hatte, hatte er recht. Beim Kreiseln hatten mindestens zehn Töpfe Weihnachtssterne dran glauben müssen. Aber noch ehe Lola es sich versah, hockte bereits ein gut gebauter Fremder hemdsärmelig auf dem Boden und sammelte vorsichtig die Pflänzchen ein.

Jakob half eifrig dabei, die Wurzelstöcke wieder in den Töpfen zu verstecken, während Lola Besen und Kehrblech holte. Fast im selben Augenblick klingelte es wieder.

„Ich gehe schon." Luise machte sich schmunzelnd auf den Weg, die profane, aber riesige Pizza hereinzuholen, die Lola anstelle der eigentlich geplanten Spaghetti bestellt hatte.

„Pizza!" Das Putzen war vergessen, als Luise den riesigen Karton ins Gewächshaus brachte.

Jakob hatte nur noch Augen für sein erklärtes Lieblingsessen.

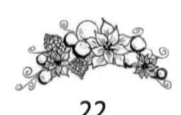

„Das könnt ihr vergessen. Die Jungs haben Kohldampf, die Pizza ist für uns." Torben stürmte hinter Luise ins Glashaus und versuchte, ihr den Karton zu entreißen. Aber er hatte die Rechnung ohne Conny und Ludwig den coolen Schlittenbauer, Jakobs Begleiter, gemacht.

Und natürlich hatte er Jakob so überhaupt nicht auf dem Schirm. Während die Männer Torben aus der Reichweite Luises und der Pizza brachten, biss Jakob einfach zu.

Der schmale Raum zwischen der ausgeleierten Sporthose und dem Filzlatschen Torbens schien dem Jungen ideal für einen Angriff zu sein.

Schreiend und sich schüttelnd befreite Torben sich, warf der Gesellschaft und Lola insbesondere, einen bösen Blick zu, bevor er in Richtung der lauten Fußballübertragung verschwand.

„Ja!" Jakobs kleine Faust fuhr triumphierend in die Höhe.

„Dem haben wir es jetzt aber gezeigt. Das ist unsere Pizza!"

Als endlich auch Ludwig die letzten Töpfchen akribisch wieder in Reih und Glied platziert hatte, wurde das riesige Rad blitzschnell verschlungen.

Einzig ein relativ kleines, vegetarisch belegtes, Stück blieb auf der hübschen Schieferplatte zurück, die als Teller gedient hatte. Entrüstung über den ungenügenden Belag machte sich wie eine Welle breit. Stumm grinsend holte Lola den Schinken aus dem Kühlschrank und verteilte großzügig Scheiben über der Pizza. Schneller als sie blinzeln konnte, verschwand nun auch der letzte Rest.

An der Haustür polterte jemand, dann hörte man diese bis zum Anschlag aufknallen und schwere Schritte kündigten einen weiteren Besucher an. Gleich darauf redeten laute Männerstimmen durcheinander, bevor ein wahrer Bär von Mann das Gewächshaus betrat und sich den nassen Schnee aus den dunkelbraunen Haaren schüttelte.

5

Sorry, ich habe noch ein kleines Problem gehabt. Dafür habe ich aber Nachtisch dabei." Der Hüne strahlte aus goldbraunen Augen in die Runde.

„Lola, darf ich dir Arnold von Braunfels vorstellen? Er ist ein weitläufiger Cousin und arbeitet bei uns mit." Arnold zwinkerte ihr schelmisch zu.

„Ich hoffe, die Schwerenöter hier haben sich benommen, solange ich nicht dabei war." Lola hob belustigt eine Augenbraue. Ah ja. Das versprach, lustig zu werden.

„Du bist ihr Vorgesetzter?" Arnold nickte.

„Als Ältester der Gruppe ist es an mir, die Rasselbande in Schach zu halten. Ich bin sehr erfreut, endlich die Frau hinter Luises Erzählungen kennenzulernen." Er verneigte sich leicht.

„Und nun brauche ich dringend etwas zu essen." Ach herrje. Als sein Blick den leeren Pizzakarton streifte, fiel sein Lächeln enttäuscht in sich zusammen. Das konnte Lola so nicht stehen lassen. Bei ihr blieb niemals ein Gast hungrig, auch wenn Arnold im Augenblick wohl genau diesen Verdacht zu hegen schien.

„Warte einen Augenblick. Ich kümmere mich darum, dass auch du gesättigt wirst. Ist Huhn für dich okay?"

Arnold nickte so enthusiastisch, dass seine kinnlangen, welligen Haare nur so flogen.

Lola holte den Teller mit den vom Vortag übrig gebliebenen Hühnerbrüsten aus dem Kühlschrank und heizte den elektrischen Grill in der Küche kurz vor. Nur wenige Minuten später duftete es verführerisch nach gebratenem Fleisch. Jeder der Männer im Gewächshaus hätte sich allerdings auch mit dem rohen Huhn begnügt.

Bei den Anwesenden des Abends handelte es sich ohne Ausnahme um besondere Gäste. So besonders, wie auch Luise und Lola waren. Falsch, sie waren anders als die Männer, aber eben auch nicht von der simplen menschlichen Herkunft wie die meisten Nachbarn. Soweit Lola es wusste. Und ganz genau wissen konnte man es nie.

Die Männer im Gewächshaus gehörten demselben Clan an und waren schon allein dadurch eng miteinander verbunden. Allesamt stammten sie aus einer uralten Rasse von Gestaltwandlern. Sie konnten ihre Körper wahlweise zur Form großer Wölfe oder mehr oder weniger wohlerzogener Hunde verschieben. Welchen Körper sie dabei wählten, war der Situation geschuldet. Im Kampf waren die riesigen Wölfe beinahe unbesiegbar und unberechenbar wie tollwütige Hunde. In ihrer Friedform traten sie als kuschelige Haustiere in Erscheinung, welche die Verspieltheit von Welpen nie ganz abzulegen in der Lage waren.

Davon abgesehen waren alle Wolfsmänner die liebsten, familienfreundlichsten Ehemänner und Väter, welche alles für ihre Familien tun würden.

Lola nahm den kleinen Eimer mit dem würzigen Joghurtdipp aus der Kühlung und richtete eine große Portion Fleisch mitsamt Brot und der Soße auf einem Teller an.

„Du hättest es mir auch einfach so bringen können, weißt du? Ich habe einfach nur Hunger. Sämtliche kulinarische Raffinesse ist im Augenblick an mich verschwendet." Arnold lehnte mit verschränkten Armen im Türrahmen.

„Ist schon gut. Immerhin wusste ich, dass noch ein Gast fehlt und habe nicht darauf geachtet, dass etwas für dich übrigblieb." Arnold löste sich von der Tür und nahm ihr den gut gefüllten Teller ab.

„Ach ja, bevor ich es vergesse, du hast draußen wohl eine Weihnachtskugel fallen gelassen. Eure Matte ist voller kleiner Scherben. Pass auf, wenn du nach draußen trittst." Lola stöhnte laut. So langsam wurde es mehr als nervig.

„Nicht schon wieder. Das war ich nicht. Irgendein Scherzbold zerschlägt mit schönster Regelmäßigkeit eine Kugel an unserer Haustür und tut dieses ebenfalls bei den Nachbarn."

„Eifenarfig. Foll ich meine Männer fitten, mal ein Aufe auf das zu werfen?"

Lola prustete los, während Arnold grinsend eine ganze Hühnerbrust zerkaute.

„Ab zweihundert Gramm wird es undeutlich, das weißt du schon?" Er schluckte und griff nach dem Wasserglas, welches sie ihm reichte.

„Danke. Das war jetzt nötig. Aber mal im Ernst. Es macht uns nichts aus, unsere Nasen mal kurz da hineinzuhalten. Ich

wette mit dir, dass wir den Übeltäter im Nullkommanichts gefunden haben." Lola zuckte mit den Schultern.

„Schaden kann es sicherlich nicht. Aber ich bin mir beinahe sicher, dass es sich nur um einen Dummejungenstreich handelt und nichts mehr." Dass Arnold zu einem der Rudel gehörte, also ein sogenannter Mondwolf war konnte Lola mit aller Deutlichkeit erkennen, als dieser seinen Teller mit schneller Zunge blitzblank leckte und sich dann auf Wolfsart über Kinn und Mundwinkel fuhr. Lebten die Rudel auch noch so angepasst, mit solchen Kleinigkeiten verrieten sie sich allzu häufig. Luise konnte ein ganzes Musical davon singen. Mindestens.

„Lass uns zu den anderen zurückgehen, Arnold. Wir werden bestimmt schon vermisst." Der Mann schnaubte.

„Das glaubst du doch nicht wirklich. Die haben mit sich selber genug zu tun. Aber wir sollten trotzdem zurück, denn der arme Ludwig ist sonst morgen zu nichts mehr zu gebrauchen. Connys Bengel hat einen Narren an ihm gefressen." Lola verdrehte die Augen konnte sie doch am warmen Klang seiner Stimme hören, dass Arnold Jakobs Charme ebenso verfallen war.

Im Gewächshaus waren die verbliebenen Männer inzwischen dazu übergegangen, Jakob neue und alte Weihnachtslieder beizubringen.

Der Bube sog sichtlich jedes Wort des nicht immer ganz jugendfreien Gesangs auf wie ein trockener Schwamm.

Luise versuchte neben ihm mit zunehmend verzweifelten Einwürfen, die Männer dazu zu bringen, sich auf die unschuldigen, klassischen Weisen zu beschränken.

Erst, als Arnold ein lautes Knurren entkam, erstarrten die Wölfe und stiegen, als hätten sie niemals etwas anderes getan, auf Stille Nacht um. Mit allen Strophen und dreistimmig, obwohl sie doch nur zu zweit waren. Wie auch immer.

Luise, Arnold und Lola stiegen ein und das alte, klassische Lied hallte laut durch das Gewächshaus, drang in den Garten und von da in die Welt hinaus.

In Lola kam echte Weihnachtsstimmung auf. Meistens hatte sie Schwierigkeiten damit, sich wirklich auf die Vorfreude und das Kribbeln der Weihnachtszeit einzulassen. Vermutlich lag es daran, dass sie von Berufs wegen schon im Juli begann, sich mit weihnachtlichen Dekorationsideen zu beschäftigen.

Das Ausschmücken des Gewächshauses früher am Nachmittag hatte ihr schon riesigen Spaß gemacht, aber das Sahnehäubchen auf den Tag war der eindrucksvolle Satzgesang der Wolfsmänner. Lola war nicht dumm und wusste genau, dass einige unter ihnen uralte Wesen waren, die vermutlich jahrhundertelang Zeit zum Übern gehabt hatten. Wie zum Beispiel bei „Sey uns willkommen Herre Chryst", einer Weise, die seit dem späten Mittelalter auf genau die gleiche Art gesungen wurde, wie die Männer es gerade in diesem Augenblick taten. Das Lied galt unter den Menschen als Deutschlands ältestes Weihnachtslied und war auch unter den magischen Wesen als eine der ältesten Weisen zum christlichen Fest bekannt.

Lola konnte den Geist der Melodie bis in die Wurzelspitzen ihres Kirschbaumes fühlen, der kurz davor zu sein schien, einen seiner Zweige als verfrühten Barbarazweig erblühen zu lassen. Sie tauschte einen Blick mit ihrer Schwester, die sich gerade verstohlen einige zartrosa Blütenblätter aus den Haaren klaubte. Ja, auch die Zwillingsschwestern ließen bei solchen Gelegenheiten heraushängen, dass sie nicht menschlicher Natur waren. Lola und Luise waren nun einmal reine Dryaden, die abhängig von ihren Bäumen und damit einfühlungsbegabte und sensible Wesen waren. Als Baumgeister waren sie fest mit ihren Bäumen verbunden, in ihrem Falle Süßkirschbäumen.

Lolas Baum wuchs an der hinteren Hauswand, mit der er magisch verschmolzen war, um ihr ein dauerhaftes Leben in der menschlichen Behausung zu ermöglichen. Lola lehnte sich an die dem Haus nächstgelegene Wand und ließ den Blick zufrieden schweifen.

Genau wie in Lola schien sich auch im Inneren Luises pures Wohlbefinden breit zu machen. Nicht einmal das sich wiederholende Schimpfen aus dem Wohnzimmer, wo das Fußballspiel offenbar nicht nach den Vorstellungen der dort Versammelten verlief, störte sie in ihrer stimmungsvollen Blase.

6

Irgendwann lag Jakob in Connys Armen und schlief den Schlaf der unschuldigen Kinder.

„Wir verschwinden jetzt. Schau doch mal, ob ihr zum Weihnachtstag auch zu Syri und Hannes kommen könnt, oder ob zumindest du allein es am Heiligen Abend zur Tanzbuche schaffst. Du warst beim Aussingen des Weihnachtsfriedens schon lange nicht mehr dabei." Lola umarmte Conny fest, bevor sie sich Luise zuwandte.

„Ich versuche es. Passt mir bitte gut auf den Kurzen auf." Auch die restlichen Männer schoben ihre Stühle zurück. Arnold winkte alle aus dem Haus.

„Ich helfe Lola noch kurz ein wenig aufräumen. Wir sehen uns morgen früh zur Besprechung bei Conrad Senior."

Es war erstaunlich einfach mit dem Riesen von Mann zusammenzuarbeiten und schon eine halbe Stunde später war ihrem Gewächshaus nichts mehr von der Feier anzusehen und sogar die Küche glänzte in ihrer neu erworbenen Sauberkeit. Die Gespräche plätscherten fröhlich vor sich hin und Arnolds Scherze waren wolfsmäßig derb aber nie verletzend Lola gegenüber.

Sie hatte ewig nicht mehr so sehr gelacht.

„Ich melde mich bei dir wegen der Kugeln, Kleines."

Das Kosewort ließ Lola erröten wie ihre Kirschen im Juni.

Arnold trat ein wenig zu nah an sie heran und umarmte sie ein wenig zu fest.

Beinahe hätte Lola vor Wonne geseufzt. Torben roch nie so gut nach Mann und Wald. Nach dunklen Moosen und frischem Gras. Und dieses Gefühl von Geborgenheit verströmte er schon gar nicht. Entschlossen schob Lola Arnold zurück.

„Nicht. Bitte." Er nickte verstehend und winkte ihr zum Abschied zu.

„Ich melde mich wegen der Kugeln. Schlaf gut, Kirschlein."

Eine lautstarke Diskussion kündigte auch das Ende des Männerabends an, gerade, als Lola das letzte Geschirr in den Spüler räumte.

„Sind diese Idioten endlich weg?" Lola zuckte zusammen, sie hatte Torben nicht kommen gehört.

„Ja, sind sie. Die Idioten haben uns übrigens beide zum Weihnachtsessen am ersten Feiertag eingeladen."

„Vergiss es. Ich versaue mir die Festtage nicht mit dieser Freakshow. Wir werden ganz gemütlich auf dem Sofa liegen und uns entspannen. Immerhin ist dann der Wahnsinn bei dir vorbei." Er wackelte mit den Augenbrauen.

„Wir werden nur Zeit mit uns verbringen, du meine Kirsche." Er griff nach ihren Oberarmen und zog sie an seine warme, breite Brust. Lola atmete seinen vertrauten Duft nach herbem Duschgel ein und schluckte. Sie wäre nur zu gern einmal wieder zum Essen bei Johannes und Syri, der Fliederdryade, gegangen.

Aber vermutlich hatte Torben ja recht. Gerade die letzte Adventswoche hatte es alljährlich in sich. Manchmal vergaß Lola sogar zu essen und vom Feierabend träumte sie nicht einmal, da sie mit schöner Regelmäßigkeit halb komatös ins Bett fiel. Daher zuckte sie mit den Schultern.

„Vermutlich hast du recht. Wir werden die Feiertage in aller Ruhe verbringen und uns nur um uns kümmern."

Schwere Schritte kündigten Jens an. Torbens bester Freund hielt ein leeres Bierglas in der Hand und hatte sich seinen grauen Hoodie von oben bis unten mit kräftig müffelndem Käsedipp verschmiert.

„Na, biste deinen Verehrer wieder losgeworden? Mich verwöhnst du nie so." Torben stockte, schob Lola wie in Zeitlupe von sich und starrte ihr in die Augen.

„Verehrer?" Lola schmunzelte gegen ihr banges Gefühl an. Wenn Torbens Stimme so betont leise zischte, dann war mit ihm nicht gut Kirschen essen. Oder wie auch immer.

„Was hast du getan? Betrügst du mich etwa mit einer der Ausgeburten der Hölle? Muss ich dir mal zeigen, wer hier wirklich der Herr im Hause ist?" Schneller, als Lola auch nur ansatzweise reagieren konnte, schnellte seine Faust vor. Sie spürte, wie ihr Kopf nach hinten getrieben wurde und die Haut über dem Wangenknochen riss.

Lola knallte mit dem Hinterkopf zu allem Überfluss auch noch gegen den Hängeschrank und rutschte dann zu Boden.

7

Als Lola sich wieder gesammelt hatte, war sie allein.

Dunkelheit umfing sie. Torben hatte, nachdem er seine Meinung so schlagkräftig bekundet hatte, wohl das Licht in der Küche ausgeschaltet und sie sich selber überlassen. Ihr war kalt, die Fliesen unter ihr feucht und klebrig. Sie richtete sich auf. Ihr Gesicht fühlte sich verschwollen an, aber die Platzwunde hatte sich bereits verschlossen. Das Blut am Boden war also nicht mehr ganz frisch. Vielleicht war es aber auch Wasser, dass sie unter sich spürte, war sie selbst es doch gewesen, die Torben erklärt hatte, dass Zuckerwasser die Heilungskräfte bei Dryaden und ihren Bäumen freisetzte. Dummerweise wusste er daher nur zu gut, dass sein Schlag schon am Morgen kaum sichtbare Spuren hinterlassen haben würde. Dryaden wie sie heilten eben schnell, solange ihr Lebensbaum gesund war. Und Lolas Kirschbaum war einfach nur ein Prachtstück. Nicht, dass sich Torben wirklich dafür interessiert hätte, aber sie hatte ihm kurz vor dem Umzug beichten müssen, warum sie darauf bestand, einen knorrigen Kirschbaum mit umzusiedeln. Lola hatte viel Überzeugungsarbeit leisten müssen und war dabei gezwungen gewesen, auch die Art von Luises Familie feilzugeben, nur, damit Torben ihr Glauben schenkte.

Er war zähneknirschend damit einverstanden gewesen, den Baum ausgraben zu lassen. Lola hatte ihm klargemacht, dass sie nur neben ihm im Bett würde schlafen können und das wollte er unbedingt.

Dryaden lebten normalerweise in ihren Bäumen und es bedurfte einiger fortgeschrittener Magie, den Zauber wachsen zu lassen, damit sich die Bäume so mit den Häusern verbanden, dass Baum und Dryade innerlich glaubten, zusammenzuleben. Zum Glück gab es heute direkt auf Umzüge spezialisierte Hexen.

Allerdings ließ sich eines nicht aufhalten. Torbens Abneigung gegen Lolas Freundeskreis und vor allem, gegen ihre Zwillingsschwester.

Lola predigte sich immer wieder, dass Wesen wie sie eben Opfer bringen mussten, wenn sie sich entschlossen, zur Gänze in der menschlichen Gesellschaft leben zu wollen. Und da Torben sie einmal völlig verzaubert hatte, glaubte Lola an den guten Kern in seinem Inneren. Natürlich kamen auch ihr immer häufiger Zweifel daran auf, ob es wirklich so schlau war, die Spanne eines Menschenlebens lang an seiner Seite zu bleiben.

Dieser Moment, als sich allein und von Kälte steif in der Küche wiederfand, ließ das Pflänzchen des Zweifels gedeihen. Aber Lola drängte es zurück, bis es sich in den hintersten Winkel ihres Herzens verkrochen hatte. Sie rappelte sich auf und zog sich auf die Knie. Luft. Sie musste an die Luft. Auf allen Vieren kroch sie bis zur Haustür und zog mühsam die Klinke hinab.

„Verfluchter Mist."

Lola hielt sich die Hände vors Gesicht und versuchte mühsam über die Kopfschmerzen sowie das eingetrocknete Blut hinwegzublinzeln. Ihre Handflächen, die sie nach dem Öffnen der Tür auf die Fußmatte hatte sinken lassen, waren von unzähligen Splittern übersäht.

Rote Blutstropfen besudelten die glänzenden Scherben. Stechendes Brennen fuhr Lola bis in die letzten Zweige ihrer Baumkrone. Sie sah sich um. Dieses Mal hatte der Unbekannte offensichtlich einen ganzen Beutel Kugeln gegen die Tür geworfen. Er hatte sich nicht einmal die Mühe gemacht, seine Wurfgeschosse auszupacken. Die Reste der Tüte hatten sich in dem kunstvollen Schmiedegitter verfangen, welches die Scheibe schützte, durch die Licht in den Hausflur fiel.

Lola sank rücklings gegen den Türrahmen. Das war eindeutig nicht ihre Nacht. Sie blies sich mühsam eine verklebte Haarsträhne aus dem Gesicht, als sie etwas hörte.

Ein lautes, tiefes Knurren durchschnitt die trübe, schneegeschwängerte Nacht.

Stöhnend versuchte sie, durch den dichten Schnee, der vom Himmel fiel, zu blicken, nur, um einem großen, dunkelbraunen Wolf direkt in die vor unterdrückter Wut glühenden Augen zu schauen. Das Tier trat näher und beschnupperte vorsichtig Lolas Hände, nieste und leckte gleich darauf blitzschnell über die halbverkrustete Verletzung auf ihrem Jochbein. Sie schlug mit der Hand nach dem offenbar vorlauten Frechdachs und seufzte.

„Mach jetzt hier kein Fass auf. Ich bin gestolpert und gegen den Küchenschrank geknallt. Alles halb so wild, du weißt doch, wie schnell wir heilen." Das waren zumindest keine offensichtlichen Lügen gewesen. Weglassen von Informationen zählten doch nicht als solche? Der Wolf verdrehte auch augenblicklich die goldbraunen Augen, beließ es aber bei einem unmissverständlich sauren Heulen.

„Hast du gesehen, wer es war? Ich meine diese Sauerei hier." Lola deutete auf das in ihrem Eingang kürzlich stattgefundene Christbaumkugelgemetzel. Der Wolf blickte sie aus traurigen Augen an, bevor er den Kopf schüttelte.

„Aber du hast einen Verdacht." Arnold gab ein wages Geräusch von sich das klang, als wolle er einen Kaugummi kauen und dabei singen. Oder so.

Er drehte sich um und verschwand in der Nässe der Nacht.

Lola schüttelte den Kopf, atmete des aufbrandenden Schmerzes wegen scharf ein und machte sich daran, den Scherbenhaufen zu entfernen.

8

Im trüben Morgenlicht schienen die wieder erschienenen, neuen Scherben der blutroten Kugel Lola förmlich zu verspotten. Hatte sie erst wenige Stunden zuvor alles eingesammelt, prangten nun auf ein Neues Teile einer Kugel auf ihrem Abtreter, als wären diese von Künstlerhänden sorgfältig dorthin drapiert worden.

Sie schaute die Straße zu beiden Seiten hinab. Nirgendwo war ein Lebewesen zu entdecken. Weder ein eventueller Scherzbold, einer der Wolfsmänner oder auch nur ein Passant. Aber es war etwas anderes, dass sie stutzen ließ. Ein rotes Aufblitzen brachte Lola dazu, auf die Straße zu treten. Immer schnelleren Schrittes lief sie die Nachbarschaft ab. Vor fast jedem Haus lagen sie. Zerbrochene Kugeln.

Zwar hatte sie es bereits vermutet, nein, eigentlich gewusst, dass sie alle betroffen waren, aber den Schlamassel mit eigenen Augen zu sehen machte es so endgültig wirklich. Bei ihrem Gang durch die Straßen bemerkte Lola nur wenige Häuser, deren Eingänge sauber und splitterfrei waren. Auf dem Rückweg nahm sie sich die Zeit, gerade diese Grundstücke genauer unter Augenschein zu nehmen. Eines der Häuser gehörte einem steinalten Ehepaar. Hans und Irene waren die liebsten, zufriedensten Menschen, denen Lola je begegnet war.

Die beiden gingen mit einer Vertrautheit miteinander um, die wohl nur durch jahrzehntelange Liebe zu erreichen war. Hans erwarb jede Woche ein kleines Sträußchen für sein Buhlchen, wie er Irene liebevoll nannte, während sie ebenso allwöchentlich grummelte, dass sie für den alten Griesgram ein Stück für dessen Kakteensammlung zu erwerben gedachte. Extra für sie hielt Lola immer einige Raritäten parat. Hans musste tausende Kakteen besitzen. Grübelnd trat Lola näher zur nächsten sauberen Türmatte. Hier lebte ein alleinerziehender Vater. Hin und wieder kamen er und sein kleiner Junge zu ihr in den Laden, um Blumen oder kleine Gestecke für den Friedhof zu kaufen. Nachbarn hatten ihr erzählt, dass die Mutter des hübschen Dreijährigen bei dessen Geburt verstorben war.

Die dritte und letzte saubere Tür gehörte zu einer immer lauten, absolut chaotischen Großfamilie. Die fünf Kinder waren für jeden Blödsinn zu haben und man konnte die Mama manchmal über den halben Ort hinweg nach ihrem Nachwuchs rufen hören. Trotz der Kinderschar standen beide Eltern mit beiden Beinen fest im Berufsleben, hielten Haus und Garten in Schuss und hatten immer ein freundliches Wort für die manchmal genervten Nachbarn übrig.

Mit der Hand über einen der vom schweren Schnee gebeugten Sträucher des verwilderten Vorgartens eines weiteren Hauses streifend, grübelte Lola vor sich hin. Die matschige, weiße Schicht platschte zu Boden.

Der Faden, der ihr Verstehen bringen konnte, war da, hielt sein tückisches Ende aber irgendwie immer knapp vor ihrer Nase außer Reichweite.

Eine violette Kugel war auf dem Türstein Jeanines zerbrochen. Die junge Frau lebte mit ihrem Lebenspartner noch nicht lange in der Nachbarschaft. Sie war ein Herzchen, soweit Lola es beurteilen konnte. Jeanine kümmerte sich um heimatlose Haustiere und arbeitete an der Musikschule in der Nachbarstadt. Mehrmals im Monat bat sie Lola, einen Steckbrief zur Vermittlung stehender Tiere des örtlichen Tierheimes auszuhängen. Erst am Vortag hatte sie nach Pflegeeltern für ein bezauberndes Kätzchen gesucht und Lola war wirklich versucht gewesen, das Tierchen aufzunehmen. Aber sie hatte wirklich nicht genügend freie Zeit, um sich um ein Tierkind zu kümmern. Für sie kam allerhöchstens ein steinalter Kater in Betracht, der es zufrieden war, auf der Heizung zu liegen und den Tag zu verschlafen. Lola nahm sich fest vor, Jeanine bei ihrer nächsten Begegnung nach einem solchen Hausgenossen zu fragen. Oder vielleicht wäre stattdessen ein Hund besser für Lola geeignet? Immerhin trieben sich in letzter Zeit ziemlich viele Mondwölfe bei ihnen zu Hause herum und nicht nur einer von denen war in der Vergangenheit dadurch aufgefallen, dass er vollkommen ungebührlich Jag auf die Fellnasen gemacht hatte.

Im Haus war es still. Torben schlief noch.

Lola trat, einen Becher mit Fliederblütentee in der Hand, durch die schmale Tür, welche Wohnbereich und Geschäft verband.

Ihr Bauchgefühl sprach ziemlich laut zu ihr. Die Lösung des Kugelscherbenproblems lag förmlich vor ihrer Nase, Lola bekam es aber, verflixt nochmal, nicht zu fassen. Kopfschüttelnd leerte sie den Becher und begann, einige weihnachtliche Sträuße zu binden, die sich unter Garantie bis zum Mittag verkaufen lassen würden. Kurz bevor Lola die Ladentür aufschloss, sie war bereits auf dem Weg dorthin, klirrte es.

Dieses Mal hatte man schon wieder eine ganze Packung Kugelreste auf der Kokosfasermatte ausgeleert. Die rotglänzenden Splitter waren überall. Der Bürgersteig war ebenso davon übersät wie die beiden Buchskugeln, die in hohen Töpfen den Eingang säumten.

Seufzend kehrte Lola die Reste zusammen. Der nasse Schnee klebte an den Scherben und machte es unmöglich, mit dem Besen des Durcheinanders Herr zu werden. Lola sammelte und fegte, schippte mit der Kehrschaufel und zankte dabei vor sich hin. So langsam hatte sie echt die Nase voll. Im Geräteschuppen musste doch noch eine Wildkamera liegen, die Torben irgendwann angeschleppt hatte, als er glaubte, dass sich irgendjemand des Nächtens an seinem heiligen Auto zu schaffen mache.

9

Dieser Tag hatte es in sich. Kaum war das Durcheinander vom Morgen beseitigt, rannten die Kunden ihr die Ladentür ein. Jeder brauchte unbedingt sofort und blitzschnell noch ein Gesteck oder den ausgefallensten Weihnachtsschmuck. Einzig der Besuch von Denise, die am Ende der Straße wohnte und die, wie immer ein wenig verhuscht wirkte, gab Lola einen Augenblick zum Durchatmen. Die Krimiautorin trug einen dunklen Wollmantel über ihrem himmelblauen Pyjama aus Flanell und hielt in jeder Hand einen großen Becher Kaffee.

„Hast du wieder die Nacht durchgearbeitet?" Lola nahm ihr einen Becher ab, lupfte den Deckel des ToGo-Bechers und inhalierte den köstlichen Duft frisch aufgebrühten Kaffees. Denise fuhr sich durch die dunklen Haare.

„Durch die zeitige Dunkelheit komme ich mit meiner inneren Uhr nicht so wirklich zurecht. Wir stehen ein wenig auf Kriegsfuß. Außerdem war es viel zu spannend, was meine Figuren so treiben. Kommissar Reuter gehorcht mir nicht immer, wie du weißt. Es ist zum Verzweifeln, wenn du eine Geschichte geplant hast, aber die Protagonisten sich dann irgendwie verselbständigen." Lola schmunzelte. Denise kam immer dann mit Kaffee vorbei, wenn sie den Kopf freibekommen musste.

„Sag mal, findest du eigentlich auch Weihnachtskugeln vor deiner Tür vor?" Denise schüttelte den Kopf.

„Bislang nicht, aber ich höre die Nachbarn jeden Morgen zanken. Stell dir vor, Andreas Hund hat sich letztens sogar die Pfote an einer Scherbe aufgeschnitten. Der Tierarzt musste den Fuß nähen, so sehr hat es geblutet. Seitdem steht sie eine Stunde eher auf, um jeden Splitter aufzukehren und kontrolliert den gesamten Garten jeden Morgen. Sie sagt, vor dem Haus findet sie fast täglich eine Kugel, aber ihr Geschäft war bislang nicht betroffen." So lapidar Andreas Laden war, so glücklich schienen die Menschen, die sie mit langen Päckchen unter dem Arm verließen. Was ja nicht unerwartet war, denn sie prägte Autokennzeichen. Wer auch immer sich einen Wagen zulegte, musste bei ihr vorbei, um sein neues Schätzchen mit einem Kennzeichen auszustatten.

Nicht selten verewigte Andrea die Initialen des stolzen Besitzers auf Blech. Es brauchte eben nicht immer Blumen oder teure Geschenke, um Menschen zum Lächeln zu bringen. Die Glocke an der Tür schellte und die Herrin über die Autoschilder herself trat ein, ihre treue Schäferhündin an der Seite. Das Tier sah ziemlich unglücklich drein, während es mit den Füßen scharrte, die in kleinen Überzügen steckten.

„Hallo Ninja, altes Haus." Lola beugte sich zu der Hündin und kraulte dieser den Kopf zwischen den Ohren.

Ninja lehnte sich in die Berührung und schloss genüsslich die Augen.

„Du gehst ja fremd, Kirschlein!" Lola kicherte. Sie hatte Luises Schwiegervater nicht hereinkommen gehört.

Johannes grinst auf sie herab. Der Wolfsmann hob erwartungsvoll eine Augenbraue.

„Warte, du bist auch gleich dran. Darf ich erst mit Ninja fertig schmusen, oder soll ich dich sofort kraulen?"

„Wage es dir und du bekommst es mit mir zu tun!"

„Syringa!" Lola sprang nun doch auf und umarmte die Fliederdryade, die nicht nur Luise mit offenen Armen aufgenommen, sondern Lola förmlich mitadoptiert hatte. Oder so ähnlich.

Lola stellte die Nachbarn dem magischen, aber im Augenblick so menschlich bezaubernd wirkenden Paar vor und gleich darauf entspann sich ein lockeres Geplänkel. Syri liebte Denises letztes Buch, während Johannes es ebenfalls gelesen hatte, aber an den Ermittlungsmethoden des Kommissars zu mäkeln wagte.

Ninja schien schockverliebt in Johannes zu sein, und Andrea gönnte sich einen dreifarbigen Weihnachtsstern für die Theke in der Prägerei.

Als das Gespräch zurück zu den zerbrochenen Kugeln glitt, wurden allerdings alle Mienen ernst. Ninja jaulte leise und Lola biss sich auf die Innenseiten der Wangen, um nicht loszuprusten, als Syri ihrem Gemahl auf den Fuß trat, um diesen daran zu hindern, es dem Hund gleichzutun.

Johannes fasste sich, schien aber stumm bleiben zu müssen, um sich nicht hündisch zu benehmen.

„Lola, Arnold meinte, er hat einige seiner Männer auf den Tunichtgut angesetzt?" Lola nickte Syri zu.

„Das ist gut. Wenn es einer herausfindet, dann er." Andrea schnappte ihren Blumenstock und nahm die widerstrebende Ninja kurz an die Leine.

„Ich habe vor zwei Tagen eine Kamera installiert. Bislang hat sie immer dann ausgerechnet eine Störung gehabt, wenn wieder eine Kugel abgeworfen wurde."

Johannes nickte, während seine Gattin das Wort ergriff.

„Das ist übel, war aber zu erwarten. Es erwischt nämlich auch die Geschäftshäuser und sogar total überwachte Banken. Jedes Mal rauscht es kurz und wenn das Bild wieder zu sehen ist, liegt die Bescherung im Eingang. Aber Arnold ist nicht umsonst einer der Besten, wenn es um Sicherheitsfragen geht. Er wird herausfinden, wer dahintersteckt. Und vielleicht gibt es ja Stoff für ein Weihnachtsbuch, liebste Denise?" Diese nickte zustimmend.

„Wenn nicht für mich, dann für einen anderen Autor. Das ist alles so bizarr, dass es aufgeschrieben gehört. Aber vermutlich fällt die Story dann eher in das Gebiet der Fantasy."

ereits gegen elf Uhr waren sämtliche Kränze ausverkauft und Lola nutzte einen ruhigen Augenblick, um neuen Glasschmuck aus dem kleinen Lagerraum zu holen, der an das Gewächshaus grenzte. Während sie die Kartons neu stapelte, um die zarten Zapfen und Eiskristalle aus mundgeblasenem Glas zu finden, dachte sie über die Besucher des Morgens nach. Wieder beschlich sie das Gefühl, mit der Nase direkt vor der Lösung des Kugelproblems zu stehen, aber den Faden immer ganz knapp zu verfehlen, der das Rätsel aufdröseln würde.

Sie packte die gesuchten Teilchen sorgfältig in eine Stiege und legte noch einige Pakete mit dicken, schneeweißen Kerzen dazu. Diese würden beim Abbrennen einen Rand aus wundervollen Kristallen stehenlassen.

„He, warte." Erschrocken zuckte Lola zusammen, als Torben ihr die schwere Hand auf die Schulter sausen ließ und zupackte. Beinahe hätte sie höchstpersönlich für ein Scherbenmeer gesorgt.

„Hier." Er hielt Lola seine geöffnete Hand vor die Nase. Auf der Fläche schimmerte eine schmale, feingliedrige Halskette. Der zierliche Anhänger daran war ausgerechnet ein zart gearbeiteter Thujazweig aus rötlichem Gold.

Er schimmerte in einem warmen Farbton und war gewiss nicht ganz preiswert gewesen. Aber es war eben ein Thujazweig. Ausgerechnet.

Ihr Entsetzen verbergend, griff Lola mit spitzen Fingern nach dem Kettchen und ließ es von ihrem Zeigefinger baumeln. Ein Schauder erfasste sie, als sie spürte, dass ein echter Zweig mit dem Metall überzogen worden war. Eigentlich mochte sie diese Art von Schmuck ganz gern, solange man kein noch lebendes Material verwand.

Aber hier war es ein wenig anders. So nett es war, dass Torben seinen Fehler wohl einsah und sich auf diese Weise entschuldigen wollte, so ging diese Aktion voll nach hinten los. Aber das konnte er ja nicht wissen. Torben war nicht sonderlich an Gartenarbeit oder auch nur der Natur interessiert.

Die wenigsten Menschen tauchten jemals so tief in deren Geheimnisse ein, wie es nun einmal ein Baumgeist tat.

Der ja förmlich in der Natur lebte. In seinem Baum.

Und wenn der Geist eines Kirschbaumes eines hasste, dann waren es die heutzutage allgegenwärtigen Thujen. Die immergrünen Bäume oder Hecken versäuerten den Boden in einem weiten Kreis und nahmen den angestammten Bäumen, vor allem eben den Kirschen, die Luft zum Atmen.

Vom viel zu feuchten Boden in deren Nähe abgesehen.

In Lola reifte ein Entschluss.

Diese Gabe war offenbar ein Zeichen einer höheren Macht.

All ihre Mühe, sich an die Menschen anzupassen, schien nicht genug zu sein.

Die Dryade in ihr war zu stark, um sich dauerhaft den eng gesteckten Grenzen der Menschenwelt anzupassen.

Sie musste dringend etwas ändern, wenn sie nicht verkümmern wollte.

Und offenbar war nun der Zeitpunkt gekommen, das Heft in die Zweigspitzen, oder menschlich gesagt, die Hand zu nehmen.

Sie holte tief Luft.

„Torben, ich kann das nicht mehr. So, wie es in letzter Zeit zwischen uns beiden läuft, kann es nicht weiter gehen. Wir sind beide nicht wirklich glücklich miteinander. Ich verspüre immer häufiger Widerwillen, mich in deiner Gesellschaft aufzuhalten. Und du möchtest doch eigentlich ebenso wenig mit mir zusammen sein? Jedenfalls lässt dein Verhalten darauf schließen." Ihre Stimme war mit jedem Wort leiser geworden. Während Lola sich mit jedem Wort ein wenig kleiner fühlte, wurde Torben erst blass und dann puterrot im Gesicht.

Er schnappte sich die Kette und baute sich mit in die Seiten gestützten Händen vor Lola auf.

„Was bildest du dir eigentlich ein, du krüppeliges Miststück? Reicht es nicht, dass ich deine Abnormalität decke und sogar freiwillig deine komische Familie ins Haus lasse? Wenn du auch nur ansatzweise glaubst, dass ich hier einfach so verschwinde, hast du dich geschnitten. Das ist mein Haus. Ich lasse mich nicht von so einer Missgeburt wie dir vertreiben. Vergiss es."

Ach herrje. Lola blickte den ehemaligen Mann ihrer Träume entsetzt an.

Nicht nur, dass sie das Haus gekauft hatte, Lola hatte eigenhändig dafür gesorgt, dass es zu einem Heim wurde. Torben hatte nur widerstrebend bei der Renovierung des ziemlich heruntergekommenen Hauses geholfen. Und den Garten sowie die Gewächshäuser hatte sie vollkommen allein hergerichtet.

Torben wandte sich um, stapfte aus dem Lagerraum und verschwand in Richtung Wohnzimmer.

Vermutlich zog er sich nun wieder einmal irgendwelche Tuningsendungen auf einem der Männersender eines Streamingdienstes rein.

Nicht, dass er es jemals selber probieren würde, sein Auto aufzumotzen. Dazu war er zu bequem. Die einzige echte Bewegung bekam er im Fitnessstudio, wo er mehrfach in der Woche seine eindrucksvoll aufgepumpten Muskelberge pflegte.

Lola brachte den Weihnachtsschmuck nach vorn, vergewisserte sich, dass keine Kunden warteten und stürmte ihm dann hinterher.

„So nicht, mein Lieber. Du kannst mir hier nicht diesen ganzen Mist an den Kopf werfen und dich dann seelenruhig vor die Glotze verkrümeln." Lola zog Torben mit Schwung die noch volle Schüssel duftenden Popcorns vom Schoß. Die kleinen weißen Wölkchen verteilten sich leise raschelnd im halben Raum.

„Du wagst es?" Schneller als sie reagieren konnte, hatte er ihre Oberarme gegriffen und sie auf den Sessel geworfen. Torben stützte sich beidseits von ihr auf die Armlehnen.

Seine Augen waren so weit zusammengekniffen, dass sie eher Schlitzen ähnelten.

„Was ich tu oder auch nicht, geht dich nichts an. Ich bin der Herr im Haus. Bedenke immer, ohne mich wärst du ein Niemand. Immerhin habe ich das Haus besorgt und dich mit den Leuten hier bekannt gemacht. Und wage es nicht, mich dafür verantwortlich zu machen, dass ich meinen Job verloren habe." Er hatte seinen Job verloren? Wann war das denn geschehen?

„Du bist arbeitslos?" Er schnaubte.

„Auf der Suche, zwischen zwei Jobs. Sobald der Schnee weg ist, wird die Kohle fließen. Ich habe da etwas in Aussicht, auf das es sich zu warten lohnt." Ja klar.

„Und bis dahin wirst du ja wohl in der Lage sein, für uns beide zu sorgen." So wie in guten Zeiten und schlechten Zeiten? Er, der sich wie ein tollwütiger Hund gegen eine Heirat wehrte, wagte es, einen Teil des klassischen Eheversprechens gegen sie einzusetzen?

Der spann doch. Und zwar nicht zu knapp.

Behandelte Lola wie Dreck und ließ sich ganz bewusst von ihr aushalten. Ihr schwoll der Kamm und sie spürte einige der nächstjährigen Knospen vor Wut platzen.

„Ich halte dich wie es ausschaut aus, seit wir hier wohnen, mein Bester. Hast du auch nur einmal etwas zum Haushaltsgeld beigetragen? Oder eine Rate des Hauskredites bezahlt?" Sie richtete sich soweit im Sessel auf, dass ihre Nase fast mit der seinen zusammenstieß.

„Ich habe mich dafür um die Autos gekümmert. Und dir Material für deine dämlichen Glashäuser besorgt. Außerdem spare ich auf einen größeren Wagen, den ich für den nächsten Job brauche. Du hast immerhin dein Geschäft. Jetzt bin ich erstmal dran." Sollte sie es wagen, nach der Art seiner zukünftigen Beschäftigung zu fragen?

Das kleine nostalgische Glöckchen über der Ladentür bimmelte aufgeregt und kündigte damit Kundschaft an. Die Fragen und deren eventuelle Antworten mussten warten. Lola schob sich unter ihm hervor und verschwand schnellstmöglich aus seiner missbilligenden Reichweite.

Der Tag verlief weiterhin hektisch. Es war weit nach Mitternacht, als Lola endlich den letzten, neu gebundenen Kranz in die Auslage dekorierte und sich die Hände wusch. Ein leider wohlbekanntes Klirren ließ sie aufstöhnen. Wieder lagen einige zersprungene Kugeln auf der niedrigen Stufe. Sie machte einen großen Schritt, um nicht in die Scherben zu treten und rannte förmlich auf die Straße. Eilends schaute Lola nach beiden Seiten.

Nichts. Aber auch gar nichts oder niemand war zu sehen. Nur die glitzernd roten Splitter vor einigen der Türen.

Aber sie hatte das Gefühl, es wurden weniger. Immer mehr Eingänge schienen verschont zu bleiben.

11

L ola? Bist du in der Nähe?" Die tiefe Stimme traf Lola tief im Magen. Sie legte den Tannenzweig beiseite, welchen sie eben gerade mit weißem Kunstschnee besprüht hatte und wischte die Hände an ihrer Schürze sauber.

„Hier! Im Gewächshaus, Arnold!" In einen dick gefütterten Daunenmantel gehüllt, trat der große Mann ein, schüttelte sich kurz und wickelte den langen, handgestrickten Schal von seinem Hals.

„Schön warm hast du es hier, Dryade." Er warf Schal und Mantel auf einen Stapel leerer Kisten und bediente sich unaufgefordert aus der großen Thermoskanne mit duftendem Tee.

„Greif mal hinter die Bücher." Schmunzelnd wies Lola auf die Reihe Bildbände, die sich mit floralen Gestaltungen beschäftigten. Das Regal hatte sie gemeinsam mit Jakob letzten Sommer aus einer Reihe alter Obstkisten zusammengeschraubt und es enthielt seitdem einige ihrer geheimen Schätze. Arnold zog die hinter den dicken Wälzern verborgene Flasche mit dem guten Rum hervor und veredelte seinen Tee mit einem großzügigen Schluck. Wohlig seufzend hob er seinen Becher an die Lippen und leerte diesen mit einem Zug.

„Danke. Das war wirklich nötig. Das Mistwetter kriecht einem förmlich unter den Pelz."

Ja, die eklig kalte Nässe der letzten Tage brachte jeden zum Frösteln. Offenbar sogar Pelzträger wie die Mondwölfe.

Lola lehnte sich mit der Hüfte an den Arbeitstisch und musterte Arnold aufmerksam. Seit dem Abend, als er ihr das Angebot gemacht hatte, nach dem Verursacher der Christbaumkugelmassaker zu suchen, hatte sie ihn höchstens einmal aus der Ferne gesehen. Einmal war er durch den Ort geschlendert und ein zweites Mal fuhr die halbe Familie Wallenburg mitsamt den beiden hier ansässigen von Braunfelsens auf dicken Quads vorbei.

Ansonsten hatte Funkstille geherrscht.

Nicht einmal Hannes, Luises Schwiegervater, hatte sich nach dem kurzen Besuch im Laden wieder bei Lola sehen lassen. Und das, wo er doch normalerweise seine geliebte Syringa nicht aus den Augen ließ. Und diese hatte erst am Vortag bei Lola eingekauft und mit ihr eine Tasse Kaffee getrunken.

Arnold ließ den Blick schweifen, bis dieser an einem großen Glas hängenblieb. Der Deckel passte gerade noch so darauf, denn es war randvoll.

„Oh. Du sammelst sie?" Lola zuckte mit den Schultern.

„Ich konnte die Scherben nicht mehr einfach so entsorgen. Irgendetwas sagt mir, dass sie eine tiefere Bedeutung haben, auch wenn sich mir diese nicht erschließt." Arnold trat näher und musterte das Glas aufmerksam.

„Es sind viele. Die lagen alle vor eurer Tür? Oder hast du auch die eurer Nachbarn mit eingesammelt?"

Lola nickte und schüttelte gleichzeitig mit dem Kopf, was gewiss lustig aussah. Prompt prustete der Mistkerl von Wolfsmann los.

Nachdem er wieder Luft schnappen konnte, zwinkerte Arnold Lola zu.

„Ich verstehe das mal als ja, vor eurer Tür und nein, nicht bei den Nachbarn aufgelesen. Richtig so?"

Lola nickte kichernd.

„Klar. Den Splitterkram aus unseren Abtretern zu bekommen ist schon schwierig genug. Da weigere ich mich doch glatt, auch bei den Nachbarn sammeln zu gehen." Sie wurde wieder ernst.

„Es ist eigenartig. Weißt du, ich habe das Gefühl, dass bei immer weniger Eingängen Kugeln abgeladen werden, aber bei uns nimmt es zu. Ich muss inzwischen beinahe stündlich aufkehren gehen. Torben hat letztens sogar Anzeige gegen unbekannt erstattet. Als hätte der Täter das gewusst, lagen kurz darauf die Reste von beinahe hundert Kugeln bei uns auf der Matte."

„Also beobachten sie euch ganz genau. Wir sind auch nicht untätig geblieben. Das Kugeldesaster erstreckt sich über einen großen Umkreis, betrifft alle Orte in der Gegend. Da muss jemand verflixt flink sein oder wir haben es mit einer ganzen Bande zu tun. Was eigenartig ist, keiner von uns kann sie wittern. Sogar, als wir vor einer der Türen standen, spürten wir nur einen Lufthauch und die Kugeln klirrten auch schon auf den Beton der Türschwelle."

„Was zum Teufel…!" Torben stürmte ins Gewächshaus und baute sich vor Lola auf. Aber Arnold war schneller. Er schob Lola hinter seinen breiten Rücken und starrte nun seinerseits auf Torben herab. Nicht, dass dieser klein gewesen wäre, aber Arnold war größer.

Zwar trug er nicht solche gewaltigen Muskelberge zur Schau, aber die Drahtigkeit seines Körpers ließ auf Ausdauer und Kraft schließen.

Man sah, dass er nicht einzig im Fitnessstudio trainierte, sondern sich im Alltag bewegte.

„Geh sofort aus dem Weg, du Abartigkeit. Wage es nicht, meine Frau vor mir zu verbergen." Arnold lachte bellend auf.

„Deine Frau? Dazu müsstest du erst mal den Mut aufbringen, sie um ihre Hand zu bitten. Und einem Mann, der seiner Frau droht, gebührt Strafe, aber keine Ehe."

Oh Mann.

Lola verdrehte die Augen, schob sich hinter Arnold vor und zwischen die beiden Streithähne. Bevor diese in ihrem liebsten Glashaus eine Prügelei anfangen würden, mussten sie getrennt und zur Vernunft gebracht werden.

Mit aller Anstrengung, zu der sie fähig war, drückte Lola den Kerlen die flachen Hände auf die Brust und schob die beiden resolut zurück. Verblüfft ließen Arnold und Torben es geschehen.

„Benehmt euch. Torben, Arnold ist da, weil er Nachforschungen zu den Kugelwerfern angestellt hat.

Arnold, reiß dich zusammen, du weißt doch genau, dass Torben es nicht mag, wenn mir andere Männer zu nah kommen."

„Und das wohl zu Recht. Darüber werden wir noch zu reden haben. Ich gehe jetzt hoch. Wenn der Flohträger in zehn Minuten nicht verschwunden ist, dann könnt ihr euch beide auf was gefasst machen."

Noch während Torben die Verbindungstür zum Haus zuschlug, knallten unzählige, kleine Glaskugeln gegen die angelaufenen Scheiben hinter Arnold. Beide Zurückgebliebenen zuckten im Gleichklang zusammen, während sie automatisch die Köpfe einzogen.

Lola hatte den Schreck kaum verdaut, als auch schon Arnolds Mantel am Boden lag und der große braune Wolf vollständig gewandelt aus der Seitentür in den Garten sprang. Während dieser in der vorherrschenden Nebelsuppe verschwand, begutachtete Lola aufmerksam die Fensterscheiben. So ein Mist. Ein hauchfeiner Riss zog sich über eine der raumhohen Scheiben. Ein leises Knistern zeigte an, dass er noch wuchs. Die Scheibe war hinüber. Vermutlich würde ein dagegen gewehtes Blatt genügen, das Glas zum Bersten zu bringen. Fluchend kramte sie eine Rolle breites Klebeband aus einer der Schubladen unter ihrem Arbeitstisch hervor und sicherte den Riss notdürftig. Natürlich lag ihr Telefon im Laden. Lola nahm Arnolds Mantel und machte sich daran, in der Tischlerei am anderen Ende des Ortes anzurufen.

12

nd, bist du deinen Liebhaber losgeworden?" Torbens Sprache klang schleppend, was bedeutete, dass er nicht mehr wirklich nüchtern war. Lola beschloss, ihn vorerst zu ignorieren. Sie schloss die Tür zum Geschäft hinter sich und atmete kurz durch, bevor sie ein Lächeln auf ihr Gesicht legte und den älteren Herrn begrüßte, der inzwischen im Laden wartete.

Die Nacht hatte den Nebel schon lange verschluckt, als Lola endlich Feierabend machte. Ein letzter Blick versicherte ihr, dass die notdürftig verklebte Scheibe des Gewächshauses hielt, bevor sie die Treppe zum Wohnbereich hinaufstieg.

In der Stube plärrte im Fernseher irgendein mit viel zu viel Goldschmuck behängter Rapper, dass seine Frau kurze Röcke und heiße Tops trug und heiß auf ihn war, aber ansonsten war der Raum verlassen. Irgendwie war sie erleichtert, Torben nicht gegenübertreten zu müssen.

Während der vergangenen Wochen hatte sich die Stimmung zwischen ihnen immer weiter zugespitzt. Der Thujenzweig war dann die Krönung der Streitereien gewesen, die den Entschluss, etwas zu ändern in Lola nicht nur hatte reifen lassen, sondern sie auch förmlich zu Taten zwang. Wenn sie nur wüsste, wie sie den ganzen Schlamassel auflösen sollte, ohne fremde Hilfe in Anspruch nehmen zu müssen. Irgendeine Lösung musste ihr kurzfristig einfallen.

Sie konnte ihn nicht einfach verlassen, dafür waren Lola ihre Kundenviel zu wichtig. Außerdem war sie nun einmal an ihren Baum gebunden. Und Torben hatte ja klar gemacht, dass er nicht gehen würde. Aber die gegenwärtige Lage war so nicht auf die Dauer zu ertragen.

Wann immer sie aufeinander trafen, herrschte eine dunkelrot wabernde Spannung.

Es fühlte sich an wie die Ruhe vor dem Sturm. Lola stellte den Ton des Fernsehers aus und griff nach der Pralinenschachtel mit den herrlichen Kirschen in Schokolade. Nachdem die erste, mit süßem Likör getränkte, Frucht ihren Gaumen kitzelte, fiel die Last des Tages von ihren Schultern. In eine dicke, handgestrickte Decke gewickelt, begannen Lolas Gedanken zu schweifen.

Im Laufe des vergangenen Nachmittags hatte das halbe Mondwolfrudel angerufen und sich nach ihrem Befinden erkundigt. Offenbar hatte Arnold gepetzt, was Torbens Ausbruch betraf. Jeder hatte ihr natürlich einen anderen Grund für den Anruf genannt. So viele Gestecke konnte Syri zum Weihnachtsessen niemals gebrauchen, wie das Rudel bestellt hatte. Und Lola war gegen Abend außerdem ratlos gewesen, was sie sich zu Weihnachten wünschen sollte. Jedenfalls stand fest, dass Ludwig, Connys rechte Hand, sie am Heiligen Abend zum Weihnachtsfeuer nahe der Tanzbuche abholen würde.

Sie freute sich darauf, Zeit mit dem gutmütigen Wolfsmann zu verbringen.

Und außerdem war Lola schon mehrere Jahre nicht mehr beim Ausrufen des Weihnachtsfriedens dabei gewesen.

Alljährlich war der magiegeladene Ruf der Elfenblütigen der Auftakt der Weihnachtstage. Torben konnte sich auf den Zehenspitzen rumdrehen, diesmal würde sie es genießen, an einem der hoch auflodernden Feuer zu sitzen und dem Ruf der Naturwesen zu lauschen. Sogar Luise war ausnahmsweise pünktlich zu den Feiern zurück zu Hause. Normalerweise nahm die Tänzerin an den großen Revuen und Galen der Vorweihnachtszeit weltweit teil und kam erst nach dem Weihnachtsruf nach Hause. Conny begleitete seine geliebte Gattin dabei zu jedem einzelnen Auftritt.

Anfangs war Jakob währenddessen auch zu Lola gezogen, aber er hatte begonnen, Torben zu fürchten, der eben nun einmal sehr schnell aus der Haut fuhr.

Ja, Torben. Der Knoten in Lolas Magen, der seinetwegen fast permanent da war, wuchs sich langsam aber sicher auf Kohlkopfgröße aus. Sie schob sich eine weitere Praline in den Mund und ließ die Schokolade auf der Zunge schmelzen.

Es war schon längst an der Zeit, sich zu trennen. Innerlich waren sie schon lange nicht mehr miteinander verflochten. Ihre Leben hatten sich aus dem Gewebe der Gemeinsamkeit gelöst und verliefen in einzelnen Strängen.

Wo immer sie aufeinander trafen, gab es nur noch Verletzte. Lola hätte die Reißleine schon vor Monaten ziehen müssen, aber wer warf den ehemaligen Herzensmenschen schon während der kalten Jahreszeit raus?

Und noch dazu den Menschen, den man sich persönlich zum Gefährten erwählt hatte?

Gut, ihr ganzes Denken und Fühlen beruhte vermutlich viel zu sehr auf ihrem Erbe als Naturgeist, da diese eben sehr stark auf die Jahreszeiten ausgerichtet zu leben pflegten.

Die Hausbäume ließen sich im Winterhalbjahr nun einmal nicht verpflanzen. Aber hier stand die Sache anders. Das Haus samt Grundstück gehörte auf dem Papier Lola, die nachweislich auch die meisten Rechnungen zur Renovierung bezahlt hatte. Allerdings konnte sie ihn niemals vor die Tür setzen, solange er keine neue Wohnung hatte.

13

N ur eine einzige, fast zu vernachlässigende Scherbe glänzte in der trüben Sonne des Morgens. Der Nebel hatte sich gehoben und enthüllte eine nasse, graubraune Landschaft. Lola betrachtete die Hauseingänge rundum. Die meisten waren blitzblank, nur die Weihnachtsbeleuchtung blinkte oder blitzte gegen das Sonnenlicht an. Nur vor vereinzelten Eingängen langen Scherben. Am Schlimmsten sah es vor dem Haus eines Junggesellen aus. Nicht, dass Rainer nicht täglich die Sauerei entfernte, aber bei dem smarten Banker lag jeden Morgen wieder ein ähnlich großer Haufen Splitter wie bei Lola und Torben.

Außer heute. Da war die Nadel zugunsten Lolas ausgeschlagen.

Allerdings beruhigte dieses Lola nicht wirklich, war doch Torben am Vorabend nicht nach Hause gekommen.

Egal, wie schlecht sie sich in der letzten Zeit verstanden, es war ungewohnt und einsam gewesen, allein in dem großen Bett zu liegen. Andererseits hatte Lola durch die daraus resultierende Schlaflosigkeit genügend Muße gehabt, alle möglichen Szenarien ihrer nächsten Zukunft durchzuspielen. Eine zentrale Rolle spielte die Fortführung ihrer Partnerschaft.

Es war ihr wirklich daran gelegen, ein normales, menschenähnliches Leben zu führen und ein Partner gehörte für sie eben dazu.

Lola hätte auch nichts gegen ein paar eigene Kinder. Aber ob gerade Torben der Mann für die nächsten fünfzig Jahre war, bezweifelte sie inzwischen.

Nein, dessen war sie sich sicher. Sie konnten sich ja kaum noch im selben Raum aufhalten, ohne sich in die Haare zu bekommen. Das wollte Lola keinem Kind zumuten.

Wenn sie an ihre Schwester und Conny dachte, wurde ihr eng ums Herz. Die beiden liebten einander mit Leib und Seele und waren die liebevollsten Eltern für Jakob. War es zu viel, sich das auch zu wünschen? Mit einem menschlichen Partner? Auch wenn sie vor ihm nicht wirklich einen Einblick in menschliche Familien gehabt hatte, so konnte es einfach nicht die Realität in diesen sein, dass die Männer so mit ihren Frauen umgingen.

Allein, wenn man die älteren Paare beobachtete, welche sich mit liebevollen Gesten durch den vom Alter schwieriger werdenden Alltag halfen oder die jungen Familien, in denen sich auch die Väter umwerfend engagiert um ihre Kinder kümmerten.

Denn das war es ja, was Lola für sich wollte. Eine liebevolle, erfüllte Beziehung, einen Partner, der auch ihre Eigenheiten akzeptierte und nicht verlangte, ein Pascha sein zu dürfen, dem alles hinterhergetragen wurde.

Aber vielleicht funktionierten Beziehungen zwischen einem magischen Wesen und einem sterblichen Menschen anders.

Nicht, dass sie unsterblich war. An Verletzungen konnte auch sie versterben. Aber Krankheiten und das Alter brachten Dryaden eben nur in den allerseltensten Fällen zu Fall. Ob sie es mit einem anderen Mann noch einmal probieren sollte?

Andererseits.... Was sie an Torben hatte, wusste sie. Vielleicht war es doch besser, bei ihm zu bleiben. Immerhin beschützte er, was er als sein ansah. Dass er dabei hin und wieder über sein Ziel hinausschoss, war doch eigentlich zu verzeihen? Und immer dann, wenn ihm die Hand ausgerutscht war, hatte sie da nicht auch ein wenig Mitschuld getragen? Musste Lola sich einfach mehr anstrengen, ihm zu gefallen? Das war es doch, was Männer liebten.

Also, wenn ihnen ihre Partnerinnen die Wünsche von den Augen ablasen. Zumindest hatte sie davon gelesen. Und gelesen hatte Lola viel. In ihren Bücherregalen fanden sich Werke aus allen Zeiten der europäischen Literatur. Da gab es Bücher über die mittelalterliche Minne, die Liebe in den Zeiten des Barocks oder auch jede Menge zeitgenössischer Autoren.

Die neuen Bücher waren zwar herrlich romantisch, aber die Figuren der Romane gingen ihr zu oft sehr locker mit ihren Beziehungen um. Lola war offensichtlich eher die Vertreterin vergangener Zeiten, als man fürs Leben zusammenblieb und nicht nur die guten Zeiten teilte.

Egal, wie sie es die halbe Nacht über gedreht und gewendet hatte, eine ideale Lösung des Problems ihrer derzeitigen Lebensumstände war Lola nicht eingefallen. Vor allem, da Torben eigentlich dem Idealbild eines Beschützers entsprach.

Er war kräftig, ein wenig besitzergreifend und jederzeit in der Lage, eventuelle Gegner nur mit einer Geste einzuschüchtern. Das war einer der Gründe gewesen, sich für ihn zu entscheiden, als er sie vor einigen Jahren umgarnt hatte.

Lola füllte ihren Kaffeebecher randvoll auf und trug das starke, pechschwarze Gebräu nach vorn ins Geschäft.

Es half nur, abzuwarten wie sich ihre Beziehung entwickeln würde und bis dahin mit dem Weihnachtsgeschäft weiterzumachen.

Das klingelnde Türglöckchen kündigte Besuch an.

Ludwig zwinkerte ihr grinsend zu, als er sich nach Wolfsart geschüttelt und unzählige Wassertröpfchen im halben Geschäft verteilt hatte. Sein tiefbrauner Mantel war an mehreren Stellen eingerissen. Das sandfarbene, kinnlange Haar kringelte sich um sein wettergegerbtes Gesicht. Er schälte sich aus dem überlangen, aus grober Schafwolle gestrickten Schal und warf diesen mit einer angeekelt wirkenden Geste auf die schmiedeeiserne Gartenbank, die zur Dekoration an der Rückwand stand. Lola konnte nicht anders, als breit zu grinsen.

„Wenn du die Wolle nicht riechen kannst, warum, um aller Kirschblüten willen, trägst du das Monster dann?"

„Meine Nichte hat ihn mir geschenkt. Es ist ihr Erstlingswerk an den Stricknadeln." Was ein guter Grund war.

„Also gehst du ihr zu Liebe als Wolf im Schafspelz?" Er zuckte mit den Schultern.

„Ihre Mutter wollte es ihr ausreden, aber sie sah so bezaubernd stolz aus, als ich das Päckchen ausgewickelt habe, dass ich ihre Gabe einfach nicht ablehnen konnte. Also trage ich ihn, wann immer sie in der Nähe ist."

„Hach, ist das süß."

Die ältere Dame, der Lola gerade ein kleines Sträußchen für einen Krankenbesuch band, war schlichtweg bezaubert.

Auch wenn sich ihr der Wolf im Schafspelz wohl nicht ersch ließen dürfte.

„Das hätte mein Mann, Gott hab ihn selig, auch getan. Lola, Sie müssen sich dieses Goldstück hier sichern."

„Tut mir leid, ich bin leider schon vergeben. Aber ich werde ihren Hinweis im Hinterkopf behalten, sollte sich irgendwann einmal etwas daran ändern."

Die Kundin verließ sie zufrieden. Ludwig hingegen machte es sich bequem. Schmunzelnd brachte Lola ihm ebenfalls einen Becher Kaffee. Mit Milch und einer extra Portion Karamellsoße. Ludwig schnupperte, leckte sich zufrieden die Lippen und nahm einen großen Schluck des süßen Gebräus.

„Du bist so gut zu mir, Kirschgeist." Lola hob zur Antwort ihren Becher mit dem pechschwarzen Kaffee und machte sich daran, einen vorbestellten Strauß zu binden.

„Lass es dir schmecken. In der Dose auf dem Tischchen neben dir sind frische Lebkuchen, wenn du magst. Greif ruhig zu." Der Duft des Karamellsirups mischte sich mit dem des Lebkuchengewürzes, als Ludwig eine der kleinen dunkelbraunen Herzen in seine Tasse stippte und dann das nun weiche Gebäck genüsslich aß.

Während Lola ein Gebinde aus weißen Tulpen, Tannengrün und Amaryllis band, erzählte Ludwig den neuesten Tratsch aus den Wäldern.

Einige Halbstarke hatten heimlich in einer Schonung junge Weißtannen abgesägt und als sie erwischt worden behauptet, dass sie im Auftrag ihrer Schule unterwegs gewesen seien. Der Revierförster, ein elfenstämmiger Mensch, hatte sie fürs Frühjahr zur Hilfe bei der Aufforstung einer vom Sturm zerstörten Fläche verdonnert.

Eher gesagt, er hatte sie vor die Wahl gestellt entweder sie halfen freiwillig beim Aufforsten oder er würde bei der Schule nachfragen.

Bei der Großfamilie Wallenburg und deren Freunden gab es Grund zur Freude.

Lola hatte sich schon ewig nicht mehr eingebracht, daher kannte sie Brigid Viboras neuen Partner Janus Schlingmann nur vom Hörensagen. Brigid gehörte schon seit vielen Jahrhunderten zum inneren Kreis der magischen Gemeinschaft und hatte erst kürzlich den Mann, welchen sie schon seit Jahren aus der Ferne anhimmelte und beschützte, für sich gewinnen können. Nun stand wohl im späten Frühjahr eine Hochzeit ins Haus. Und kurz danach, wenn man den Gerüchten Glauben schenken wollte, die Niederkunft der ehrwürdigen Professorin.

Da das junge Paar der Gattung der schlangenartigen Gestaltwandler zugehörig war, galt es als absolut ungehörig, während der Winterzeit Nachwuchs zu tragen.

Aber zu Zeiten von Zentralheizungen waren wohl die althergebrachten Regeln wohl auch nicht mehr das, was sie einmal waren. Vor allem, da die beiden sich dieses Jahr über die Feiertage bei einem ihrer gemeinsamen Forschungsprojekte im tropischen Regenwald der Amazonasregion aufhielten.

Sie als Expertin für Vipern und Schlangen, er als Archäologe. Die Familie in der Heimat hatte erst gestern ein großes Paket mit weihnachtlichen Leckereien auf die Reise zu ihnen gesandt.

Und dann war da noch Ida Wallenburg, des Johannes' Adoptivkind. Zafida, so ihr eigentlicher Name war die Tochter einer Wölfin und eines Dschinns mit Feenerbe und früher einmal eine der engsten Freundinnen von Luise und Lola gewesen. Wie es sich mit Luise hielt, darüber sprach ihre Schwester nicht, aber Lola hatte den Kontakt zu Ida völlig verloren, als sie sich dazu entschieden hatte, in der menschlichen Gesellschaft zu leben. Mittlerweile bereute Lola es schmerzlich, die Freundin aufgegeben zu haben. Vielleicht sollte sie diese einmal anrufen.

Vielleicht.

Jedenfalls wusste Ludwig zu berichten, dass Ida einmal wieder tief im Matsch der selbstgemachten Schwierigkeiten steckte.

Fräulein Zafida Wallenburg war eine Hackerin vor dem Herrn. Technik hatte sie schon immer begeistert, aber erst, seit es Computer gab, war sie wirklich in ihrem Element.

Die Zahlenjongleuse arbeitete inzwischen für diverse Behörden und suchte nach Schlupflöchern in den Systemen. Immer wieder brachte sie sich dabei selber in Schwierigkeiten, da sie es nicht lassen konnte, manchmal doch ziemlich unkonventionell auf die Fehler hinzuweisen.

So hatte sie, laut Ludwigs Erzählung, die Bildschirme der Stadtverwaltung so konfiguriert, dass in allen Büros bunte Lichterketten das obere Drittel der Mattscheiben verzierten, die auch noch grellbunt blinkten. Als wäre das nicht genug, dudelte zeitgleich laute Weihnachtsmusik aus den Lautsprechern.

Die verantwortliche Systemadministratorin war wohl bereits mit den Nerven am Ende gewesen, als Ida endlich ein Einsehen mit ihr gehabt und das kleine Virus wieder unschädlich gemacht hatte.

Seitdem achtete Ania höllisch genau darauf, was Ida tat, wenn diese das Amt auch nur betrat. Wobei es Ida wohl keine Schwierigkeiten bereiten würde, aus der Ferne zu agieren. Laut Ludwig wollten die beiden Frauen sich in den nächsten Tagen zum Essen treffen, um ihre Arbeit besser aufeinander abzustimmen. Vermutlich plante Ania, Ida kräftig den Marsch zu blasen. Oder sie würden sich verbünden.

Dann gnade der Welt. Oder dem Internet. Oder wer weiß wem.

Ludwigs Art zu berichten war einfach göttlich. Bei ihm klangen die profansten Dinge wie Märchen aus Tausend und einer Nacht.

Vermutlich war er zu früheren Zeiten einmal ein Minnesänger gewesen?

Oder einer der wandernden Märchenerzähler. Sie musste ihn bei Gelegenheit doch einmal nach seinem Alter fragen.

Die Stimmung war herrlich heimelig und zum zweiten Mal in diesem Jahr spürte Lola den Geist der Weihnachtszeit. Nach dem Abend im Gewächshaus hatte die Anspannung im Haus jegliche Romantik zunichte gemacht und somit verhindert, dass Lola die so geliebte Vorweihnachtszeit genießen konnte. Sie legte die Blumenschere beiseite und wischte die Hände an der Schürze sauber, bevor sie sich neben Ludwig auf der Bank niederließ.

Schweigend saßen sie eine ganze Weile und genossen die Ruhe. Lola musste die Hände um ihre Tasse klammern, um sich Ludwig nicht ungebührlich zu nähern.

Der ruhige, beinahe schüchterne Wolfsmann mit dem feinsinnigen Humor strahlte einen Frieden aus, der eine schlicht unglaubliche Anziehungskraft auf sie besaß. Ludwig drehte seine Tassen zwischen den Händen und betrachtete die Bläschen des Milchschaums, die langsam platzten.

„Conrad hat mich geschickt. Luise macht sich Sorgen und will dich mit deinem Partner nicht allein lassen. Sie kann sich kaum auf ihre Shows konzentrieren." Lola schmunzelte beinahe tiefenentspannt in ihren fast leeren Becher.

„Und das hat er genauso gesagt?" Wohl eher nicht.

„Na ja,"

Ludwig zögerte, runzelte die Stirn und blickte überall hin, nur nicht zu Lola.

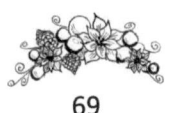

„eigentlich sprach er von deinem Widerling." Das klang schon eher nach ihrem Schwager.

„Da braucht er sich keine Sorgen zu machen. Ich komme schon klar, tu ich doch immer." Irgendwie.

„Das kannst du ihm gern ausrichten." Ludwig seufzte und bewies einmal mehr, wie viel Scharfsinn hinter seiner sanften Fassade steckte.

„Er ist nicht da?" Lola schüttelte den Kopf.

„Torben ist gestern nicht heimgekommen." Sie fuhr auf, als ein Gedanke durch ihr Hirn knallte und sich festsetzte.

„Das Rudel hat ihn doch nicht gestellt? Sei ehrlich. Sollst du mich nur ruhigstellen, damit sie freie Hand haben?"

Entsetzt sprang der doch so besonnene Ludwig auf.

„Was bildest du dir ein, Dryade? Ich bin hier, weil wir uns sorgen. Niemand würde es wagen, deinen Gefährten grundlos anzugreifen. Wir sind ehrbare Wesen. Merk dir das."

Die Stimmung war verdorben und Lola hörte das Klirren im gleichen Augenblick, als Ludwig sich im Sprung verwandelte und zur Tür stürmte.

Kalte Luft drang in den Laden.

Lola begann nicht nur vor Kälte zu zittern, als Ludwig drohend knurrte.

14

Gleich darauf entbrannte vor der Tür eine wilde Rangelei, wobei Lola nur einen wildgewordenen Wolfshund erkannte. Sein Gegner blieb für sie unsichtbar. Dieser schien sich aber nach Leibeskräften zu wehren. Schließlich jaulte Ludwig schmerzerfüllt auf und sprang zurück ins Gebäude, wobei er einen der hübschen Birkenstämme umstieß, deren untere Enden jeweils in einen alten Zinkeimer einbetoniert waren. Lola hatte die Idee toll gefunden, einige Stämme von innen neben die Tür zu platzieren, um ein wenig Gefühl von Wald im Winter zu erzeugen. Was sich im Nachhinein als vollkommene Schappsidee erwies.

Der Baum fiel ganz langsam nach der Seite um und löste eine unaufhaltsame Kette an Zerstörung aus.

Zwei weitere Stämme schwankten und kippten ins reichlich dekorierte Schaufenster, wo sie sich in den herabhängenden Ampeln verfingen und somit zumindest die Scheiben verschonten.

Aber der zarte, mundgeblasene Weihnachtsschmuck aus Glas, Gestecke und sogar drei Eimer, mit frischen Amaryllisblüten darin, fielen zu Boden und schufen ein Bild der beinahe vollkommenen Zerstörung eines Weihnachtswunderlandes. Zu allem Überfluss knallte es leise und der Strom fiel aus.

Der Wolfshund humpelte durch das nasse Chaos und rollte sich im hinteren, weniger zerstörten, Teil des Ladens zusammen. Blutige Pfotenabdrücke zierten seinen Weg. Jaulend begann er, sich die Pfoten zu lecken, jammerte aber nach dem ersten Zungenschlag erbärmlich auf. Eine scharlachrote Lache aus Blut bildete sich langsam aber stetig unter ihm.

„Mist verflixter." Lola stieg vorsichtig über mindestens dreißig am Boden verstreute, zartrosa Rosen, schob die zerdrückten Amaryllis beiseite und nahm Ludwigs Vorderpfote zwischen die Hände. Sie zuckte zurück, als ein heftiger Schmerz durch ihre Handfläche bis unter ihre Kopfhaut fuhr und Ludwig ein weiteres Mal jämmerlich aufjaulte. In der Pfote steckte ein langer, scharfkantiger roter Glassplitter. Bei genauerem Hinsehen waren alle vier Pfoten des großen Tieres ziemlich arg zerschnitten.

Lola stakste aus dem Laden, wobei sie peinlich genau darauf achtete, nicht noch mehr zu zerstören und rannte in die Küche, wo sie einen Erst-Hilfe- Kasten aufbewahrte. Zwar heilten bei den meisten magischen Wesen Wunden sehr schnell, so dass sie kaum Pflaster und Verbände brauchten, aber die Splitter mussten raus, bevor sich die Haut schloss und für dauerhafte, schmerzhafte Entzündungen sorgen würde. Zurück im Geschäft kramte sie im Kasten, bis sie endlich die spitze Pinzette gefunden hatte. Natürlich lag das Mistding ganz unten, verborgen unter lauter eigentlich nutzlosen Pillenpackungen und Tütchen mit Pulvern.

Aus einem schmalen Schnitt am Zeigefinger tropfte Blut in den Kasten und hinterließ ein Bild, als sei ein totales Massaker geschehen. Und zwar an Menschen oder Tieren und nicht einem unschuldigen Blumenladen. Aber es gab ja Verletzte. Zählte sie sich auch nicht wirklich dazu, so litt Ludwig doch sichtlich.

Splitter für Splitter entfernte sie die spitzen Glasstücke. Wo Lola besonders tiefsitzende Eindringlinge herauszog, sprudelte Blut, als hätte sie eine Wasserleitung angebohrt. Nach einer gefühlten Ewigkeit war es getan und Ludwigs Pfoten mit Verbänden versehen. Lola schob ihm ein Kissen unter den Kopf und legte eine der dekorativen, aber völlig blutbesudelten Decken aus ihrem Sortiment über ihn. Nachher würde sie ihm helfen, auf das Sofa im Wohnzimmer umzuziehen und, wenn er sich gewandelt hatte, mit sauberen Sachen versorgen. Aber jetzt musste sie schnellstens für ein wenig Ordnung sorgen. Und auf jeden Fall die Tür abschließen, bevor sich noch ein Kunde verletzte, der in dieses Durcheinander hereinkam.

Ludwig kam aus dem Gästebad hinter der Küche. Statt sich zu schütteln, wie es sonst seine Angewohnheit war, rubbelte er sich die Haare vorsichtig mit einem Handtuch trocken. Im Gesicht stand ihm das personifizierte schlechte Gewissen geschrieben. Die Verbände waren verschwunden, nur einige schmale Pflaster zogen sich über seine Hände und die blanken Füße. Er trug Klamotten Torbens, in denen er ein wenig kurios wirkte. Die Sachen waren viel zu weit für den drahtigen Wolfsmann, aber dabei zu kurz. Ludwig wirkte wie ein Penner aus Stummfilmzeiten. Oder so ähnlich.

„Es tut mir wirklich leid, Lola. Wenn du möchtest, dass ich sofort verschwinde, dann werde ich sofort gehen. Conrad wird dir schnellstens einen anderen Aufpasser senden, du musst dir also keine Gedanken machen." Lola verdrehte die Augen.

„Ludwig. Warum um aller Süßkirschen Willen sollte ich dich der Tür verweisen? Weil du versucht hast, den Übeltäter zu fangen? Weil er dir entwischt ist, oder wegen des Umstandes, dass ich den Blumenladen putzen muss? Das soll ja wohl ein Witz sein. Du ruhst dich erstmal aus. Außerdem haben wir zu reden. Glaube ja nicht, du kannst hier abhauen, ohne mir zu erklären, wer dich da draußen fertig gemacht hat." Und dann fühlte sie sich immer wohler, wenn er in der Nähe war.

Es war, als deckte jemand eine weiche, warme Decke über sie, welche alle Sorgen zum Schrumpfen brachte. Bis in die Wurzelspitzen genoss Lola dieses Wohlgefühl.

„Es tut mir alles so leid."

Unbeholfen zog Ludwig sie in seine Arme und drückte ihr Gesicht ganz sachte an seine Schulter. In Lola fiel ein Turm aus Anspannung zusammen. Ihr entkam ein Schluchzen. Obwohl es ihr verflucht unangenehm war, konnte sie nicht mehr an sich halten.

Die Tränen flossen, als liefe sie über. Ludwig legte zögerlich die Arme um ihren Rücken und streichelte ein wenig auf und ab. Seine zaghaften Liebkosungen taten einfach gut. Seit sehr langer Zeit konnte Lola sich erstmals vollkommen fallenlassen.

„Komm, Kleines, wir setzen uns und machen uns über die Weihnachtsplätzchen her. Und dann erzähle ich dir von dem kleinen Tunichtgut, der für das ganze Weihnachtsdurcheinander verantwortlich zeichnet." Innerlich mit dem Kopf über die permanente Verfressenheit der Wölfe schüttelnd, beschloss Lola, sich noch eine Weile dem schönen Gefühl der Geborgenheit hinzugeben. Kaum hatte sich Ludwig einen besonders großen Keks genommen, polterte es.

Jemand schlug an die Tür zum Blumenladen, dann klapperten Schlüssel und schwere Schritte stürmten herein. Diese stockten, es klirrte und Torben fluchte unsäglich.

Lola rappelte sich auf, während Ludwig sich blitzschnell zurückzog. Aber es war zu spät, denn Torben stürmte bereits in die Küche und entdeckte sie auf der gemauerten Bank, welche sich an den Kachelofen lehnte. Egal, wie schnell sie aufgesprungen wäre, die Zeit hätte niemals gereicht.

„Ich wusste es. Du Hure. Kaum drehe ich dir den Rücken zu, schon lässt du einen anderen ins Haus."

Torben trat drohend vor Lola.

Aber dieses Mal hatte er die Rechnung falsch aufgemacht. Schneller als seine Hand vorschießen und Lola packen oder schlagen konnte, hatte sich Ludwig gewandelt und auf Lolas wohl nun zukünftigen Expartner geworfen.

Mit gefletschten Zähnen und drohend tief aus dem Brustkorb grollend, stand der riesige Wolf über Torben aufgerichtet, die Vorderpfoten auf dessen Brust aufgestützt.

„Ludwig! Nicht! Tu ihm nichts, was du später bereuen könntest!" Lola zerrte am Pelz des Wolfes, aber der bewegte sich keinen Zentimeter von Torben runter. In dessen Gesicht malte sich Panik ab. Er suchte mit aufgerissenen Augen nach Lolas Blick. Torbens Atem ging stoßweise, während er versuchte, sich unter dem Wolf hervor zu manövrieren. Aber alle Mühe war vergeblich. Was Lola von Beginn an gewusst hatte, schien so langsam auch in Torbens Geist anzukommen.

„Lola! Bitte, Liebste. Ich wollte dir doch nichts tun. Sag ihm, dass es so ist. Ich will nicht sterben. Er darf mich nicht beißen. Bitte Lola, stopp ihn."

Torben verwandelte sich mit jeder Sekunde mehr in ein jammerndes Häufchen Elend.

Der Wolf knurrte lauter, Speichel troff von seinen Lefzen und erwischte Torbens Gesicht.

Der spuckte und prustete, traute sich aber offenbar nicht, weiterhin zu versuchen, sich darunter weg zu winden. Lola legte eine Hand beruhigend auf Ludwigs Schulter.

„Jetzt lass ihn schon los." Mit einem protestierenden Jaulen stieg Ludwig von Torben herunter und verschwand im Bad.

„Hinter der Tür hängt ein Bademantel!" Käme Ludwig nackt oder nur halb bekleidet zurück, liefe das Fass für Torben wohl endgültig über und Lola war sich nicht sicher, ob sie das erleben wollte.

Sie trat trotzdem einen Schritt zurück, als Torben sich erst auf die Knie erhob und dann aufstand.

„Weib. Das wirst du mir büßen." Jetzt war sogar für Lola das Maß voll. Was wagte der sich? Sie ließ schon viel mit sich machen, aber das war ja wohl der Hammer.

„Ich dir? Wer ist denn hier gestern Abend nicht heimgekommen?"

„Und wer hat schon den nächsten Kerl bei sich, kaum, dass ich eine Nacht unterwegs war?" Jetzt schlugs Dreizehn.

„Ludwig ist wegen der Kugelscherben hier und nicht..."

„Klappe. Ich kann es nicht mehr hören. Und wie sieht der Laden überhaupt aus? Habt dort wilde Spielchen veranstaltet?"

„Wärst du da gewesen, dann hättest ja du versuchen können, den Unruhestifter aufzuhalten. Aber nein, der Herr war verschwunden. Wo warst du überhaupt?"

Torben ging zum Fenster, welches zur Straße heraus ging, als die Scheibe klirrend zu Bruch ging. Rote Glassplitter regneten in die Küche. Eine einzelne, wohl stabilere, mit Glitzer beklebte Kugel rollte leise polternd über den Boden. Lola unterdrückte ein Kichern. Da gingen jemandem wohl langsam die gläsernen Exemplare aus.

Aber zum Lachen war die Situation nicht, denn der Kugelregen, der das Fenster hatte zerspringen lassen, war ein Trigger für Torbens Wut. Er lief knallrot an und pumpte sich förmlich auf. Das würde gleich übel werden. Oder auch nicht, immerhin war im Bad ein Mondwolf, der im Notfall sofort zu Lolas Hilfe eilen würde.

Irgendwo begann die Melodie von White Christmas zu spielen. Lola ließ das Telefon dudeln, bis der Anrufer aufgab. In der Stille der zunehmend kälter werdenden Küche war außer ihrer beider Atem nichts zu hören. Ein weiteres Klingeln, wie von einem Weihnachtsglöckchen, kündigte den Eingang einer Textnachricht an und brach den Bann der Stille, der über ihnen lag.

„Ich möchte, dass du gehst." Dieser schlichte Satz kostete Lola alle Kraft, die sie an diesem verrückten Tag noch übrighatte.

„Vergiss es. Entweder du zahlst mir alle Stunden, die ich in der Bruchbude abgeleistet habe, oder ich bleibe."

„Du packst sofort deinen Kram zusammen oder ich rufe das Rudel, Mensch."

Ludwig, nur in Lolas viel zu knappen Bademantel gehüllt, sah trotz des geblümten Frotteestoffs alles andere als

lächerlich aus, als er sich mit in die Hüfte gestützten Fäusten dicht vor Torben stellte.

Nase an Nase fochten sie für einige Augenblicke nur mit den Augen. Dann senkte Torben den Blick. Ludwig trat zurück, während Lola erleichtert seufzte.

„Der Fernseher ist mir. Und der Computer auch." Nichts hätte Lola in diesem Augenblick egaler sein können, als der Technikkram. Die Abrechnungen für den Laden hatte sie in einer Cloud abgelegt und hielt sowieso mehr vom guten alten Papier. Papier war etwas, zu dem sie sich, wie fast alle Dryaden, hingezogen fühlte, bestand es doch aus Holz. Selten aus Dryadenbaumholz, aber sei es drum.

16

Schritte polterten auf der Treppe und gleich darauf steckte Conny den Kopf ins Wohnzimmer, wo Ludwig und Lola Torben beim Entwirren der Kabel für die Unterhaltungselektronik beobachteten.

„Was geht hier vor?" Er orientierte sich kurz, verstand und schlug Ludwig auf die Schulter.

„Das wurde auch Zeit. Luise wird erleichtert sein." Klar, ihre Zwillingsschwester war in letzter Zeit eindeutig viel zu besorgt um sie gewesen. Auch, wenn Luise nie ein schlechtes Wort über Torben verloren hatte. Zumindest nicht ihr gegenüber.

„Sollen wir den Kerl beaufsichtigen, bis er weg ist, oder kommst du allein klar?"

Das war ungewöhnlich. Lola zog die Augenbrauen zusammen und warf ihrem Schwager einen fragenden Blick zu.

„Wir haben ein Problem. Die Bombentruppe ist angefordert worden und nun sieht es eng bei der Absicherung der Weihnachtsmärkte aus." Lola nickte verstehend und scheuchte die Wolfsmänner mit einer raschen Handbewegung zur Tür.

„Raus mit euch und gebt auf euch acht."

Die Mitglieder des Rudels, und Mondwölfe allgemein, waren üblicherweise in Jobs zu finden, welche vor Gefahren strotzten. Nur dann fühlten sie sich wohl. Ob es ein Bombenräumkommando war oder die Jagd auf Drogenhändler, mit an Sicherheit grenzender Wahrscheinlichkeit war mindestens ein Mondwolf mit von der Partie.

Meistens langweilten sich einige von ihnen bei der Arbeit im rudeleigenen Sicherheitsdienst. Also die, die gerade verletzt waren oder so.

In der Adventszeit waren gerade diese vermeintlich unsinnigen Jobs aber in den vergangenen Jahren immer wichtiger geworden. Übergriffe oder gar Anschläge auf Weihnachtsmärkte machten es notwendig, so viele übernatürliche Sicherheitskräfte wie möglich anzustellen, um den Menschen ein sicheres Fest zu ermöglichen.

Lola holte einen Lappen und begann, die Kommode, welche als Fernsehschrank gedient hatte, vom Staub zu reinigen. Unten fluchte Torben lauthals vor sich hin, als er ganz offensichtlich seinen Kram in ihrem Transporter verstaute. Wie es schien, musste Lola sich unter anderem dringend um ein neues Fahrzeug kümmern, denn, dass Torben ihr das derzeitige zurückbringen würde, war wirklich anzuzweifeln.

Sie warf einen Blick aus dem Fenster in den Garten, wo der Wagen vor seinem Carport stand.

Die Türen waren weit geöffnet. Torben warf alles, was er als sein Eigentum zu betrachten schien, wahllos hinein.

Offenbar musste sie ihm nachher erklären, dass ihre Schulden beglichen waren, denn er schob gerade ihren allerliebsten Tisch hinein, den sie von ihrer Großmutter geschenkt bekommen hatte.

Lola schüttelte beinahe amüsiert den Kopf, als Torben sich den eigenen kratzte, um zu überlegen, wie er die Autotüren denn nun noch schließen sollte. Er schob und drückte so lange, bis es gelang. Dann verschwand er aus Lolas Blickfeld. Sie machte sich daran, nach unten zu gehen, um ihm die Schlüssel fürs Haus abzunehmen. Wenn er schon mit ihrem Eigentum abzog, dann sollte er zumindest nicht die Möglichkeit haben, zurückzukommen um nachzuladen.

Lola war gerade die ersten beiden Stufen hinabgestiegen, als es geschah.

Der Schmerz erwischte sie aus heiterem Himmel. Ihr linkes Bein brannte plötzlich wie die Hölle. Vom Fuß bis zum Knie spürte sie Flammen lodern. Als wäre sie in Fegefeuer getreten. Lola schlug im Affekt dagegen, um die imaginären Flammenzungen zu löschen, aber das Brennen breitete sich gnadenlos aus. Inzwischen loderte es in ihrem Knie und die Flammen schienen auf das andere Bein überzugreifen. Lola stürzte. Sie spürte kaum, dass sie die Treppe hinunterrollte und gegen die Wand auf dem schmalen Absatz schlug, der sich auf halber Höhe befand.

Das Feuer fraß sich hinauf zu ihren Hüften. Halb im Schmerz gefangen, fiel es ihr wie Blütenknospen vom Stängel von den Augen.

Der Mistkerl hatte den Kirschbaum angezündet. Er hatte es gewagt, ihren Lebensbaum in Brand zu stecken.

Das war ein Mordversuch. Torben, dem sie noch vor Kurzem ihr Dasein und ihr Herz anvertraut hatte, nahm ihr jetzt alles. Den Baum, das Leben und den Glauben an das Gute.

Lola versuchte, um Hilfe zu rufen, aber es war nur ein Wimmern, dass ihren trockenen Lippen entwich. Giftige Gase füllten ihre Lungen, drangen aus ihrem eigenen Inneren in sie hinein und nahmen ihr die Luft zum Atmen.

Die Chance, dass jemand rechtzeitig die Feuerwehr rufen würde, um ihr Leben zu retten, ging gegen Null.

Wenn der Baum brannte und die darin lebende Dryade nicht rechtzeitig aus dessen Einflussbereich herauskam, war sie des Todes. Und das Haus war nun einmal untrennbar mit ihrem Baum verwachsen.

17

Uebergießt sie mit Wasser."

„Nein, entkleidet sie und schaut, was zu retten ist."

„Wir müssen sie weiter wegbringen. Sie muss verschwunden sein, wenn die Menschen kommen."

Die Stimmen, welche wie aus der Ferne an ihr Ohr drangen, kamen Lola wage bekannt vor. Sie versuchte, sich zu fokussieren, rutschte aber in eine Welle beißenden Schmerzes hinein. Obwohl sich lindernde Kühle über ihre Wunden gelegt zu haben schien.

„Mehr. Bringt mehr Wasser." Lola erschauderte, als sich ein eiskalter Schwall über sie ergoss.

„Vielleicht muss sie doch weiter weg."

So viele Vielleichts. Wer auch immer da an ihr herumzupfte, schien zwar zu wissen wer sie war, aber nicht, wie man mit ihr umzugehen hatte.

Stöhnend öffnete Lola die Augen nur, um gleich darauf in mehrere besorgt dreinschauende Zwergengesichter zu blicken.

„Sie ist wach. Lola Kirschbaum? Weißt du, wer du bist?" Wenn es nicht so sehr weh getan hätte, wäre sie nur zu gern in ein kurzes Kichern ausgebrochen. So gönnte Lola den rußverschmierten Zwergen nur ein Nicken.

„Wenn sie es nicht wüsste, dann war es gerade echt schwachsinnig von dir, sie mit ihrem Namen anzusprechen, du Dummkopf. Der Zwerg, der direkt über ihrem Kopf hockte, zuckte nach vorn, als er offensichtlich eine Kopfnuss verpasst bekam. Lola leckte sich über die trockenen Lippen.

„Kalt. Und heiß."

„Dir ist kalt und heiß?" Sie nickte kurz. In der Nähe erklangen die Sirenen der Feuerwehr.

„Endlich sind sie da. Habt ihr alles entfernt, was auf Magie hindeutet?" Ein weiteres schmutziges, vollbärtiges Gesicht tauchte auf.

„Haben wir, aber es war knapp. Jetzt brennt alles lichterloh. Die schönen Blumen sind fast alle hin. Aber wir haben die Kristalle allesamt geborgen." Mit stolz geschwellter Brust kippte der Zwerg Lolas Bergkristallsammlung auf ihren Bauch und legte einen schmutzigen Kirschzweig daneben.

„Den haben wir noch abschneiden können, bevor der Baum starb. Vielleicht hilft er dir, wenn du ihn bald steckst." Die Sirenen verstummten. Um sie herum brandete Hektik auf.

„Los, macht schon, legt sie rein!" Lola wurde hochgehoben und, wie ihr ein kurzer Blick zeigte, in einen Kofferraum gewuchtet. Eine kleine Gestalt schob sich neben sie und bettete Lolas Kopf auf einem weichen Schoß.

Schaukelnd bewegte sich der Wagen als er losfuhr. Es ging über glatte Straßen, Feldwege und um enge Kurven. Jeder Stein, über welchen das Auto holperte, ließ sie aufstöhnen.

Dann plötzlich ging die Fahrt ruhiger vor sich und das gleichmäßige Brummen lullte Lola in einen oberflächlichen Schlummer. Leider.

Denn wieder und wieder war sie gezwungen, sich im Traum anzusehen, wie Torben das Feuer anfachte. Jedes Mal grinste er dabei noch höhnischer. Die Schmerzen wallten auf, klangen ab um sich wieder von vorn durch ihre Beine nach oben zu arbeiten.

18

Lola? Kannst du dich einmal aufsetzen?" Die Stimme drang wie durch einen dicken Nebel zu ihr. Na gut, es war Qualm, denn Nebel stank niemals so und nahm auch nicht die Luft zum Atmen.

Lola drehte sich langsam auf den Bauch und wuchtete ihren verflixt schweren Körper hoch.

Seit Tagen ging das so. Margarethe und Magdalena, die ansässigen Elfenblütigen Heilerinnen, flößten ihr heilende Tränke ein, wuschen die inzwischen beinahe verheilten Wunden und kümmerten sich um ihren Setzling.

Der kleine Trieb war von Lola unter Schmerzen und mit immer wiederkehrenden Trübungen ihres Bewusstseins persönlich gewaschen und mühsam für sein Leben als Dryadenbaum vorbereitet worden.

Die Art der Magie, welche dafür vonnöten war, hatte Lola ihre restliche Kraft gekostet. Das Fieber, welches daraufhin ihren Leib erzittern ließ, hatten auch die kundigen Frauen kaum in den Griff bekommen. Erst das Eingreifen Arnolds, der sie für eine Nacht in den künstlichen Sommer des Treibhauses eines botanischen Gartens gebracht hatte, hatte ihre Lebensgeister zumindest ein klein wenig wieder geweckt.

So langsam hatte Lola endlich das Gefühl, sich wieder zu fangen.

Der kleine Zweig in dem hübschen Tontopf hatte sich erholt und begann, Kraft zu tanken.

Wie es aussah, würde er Wurzeln treiben, aber bis er zu einem noch so kleinen Hausbaum für Lola herangewachsen wäre, würde einige Zeit vergehen. Wenn es nicht gar zu lange dauern würde, um sie vor einem dauerhaften Siechtum zu bewahren. Manchmal, wenn die Bäume einfach kraftlos waren, schwebten auch deren Bewohner in Zuständen, die dem Tode näher als dem leben waren. Eine schmale Hand wedelte vor Lolas Gesichtsfeld umher, um ihre Aufmerksamkeit zu gewinnen. Sie zwang sich, aus den eigenen Gedanken aufzutauchen und sich auf die Umgebung zu konzentrieren. Irgendwie hatte sie die Ankunft eines neuen Besuchers versäumt. Und eines gewaltigen Koffers.

Über diesen gebeugt stand Syringa, die Gattin des Johannes und lokal älteste Dryade. Leise vor sich hinmurmelnd wühlte sie sich durch einen Haufen Gewänder. Selber trug sie ein beinahe bodenlanges Kleid aus warmem Wollstoff, welches in seinem Schnitt an die kostbaren Gewandungen der Renaissance erinnerte. Die prächtigen Bänder und Borten dafür fertigten Syri und deren beste Freundin Margarethe bis zum heutigen Tag selber mit Hilfe von schmalen Brettchen.

Syringa richtete sich auf und reichte Lola ein zartrosa Hemd an. Bei näherer Betrachtung handelte es sich eher um ein zartes Unterkleid, welches der Trägerin bis weit unter die Knie reichen würde.

„Zieh dich an, heute ist Thomasnacht. Du begleitest uns zu den Spielen.“

Die Stimme der Fliederdryade war fest und der Klang ließ keinerlei Diskussion zu. Lola würde in die saure Kirsche beißen müssen.

Stöhnend knöpfte sie das leichte Nachthemd aus modernem Jersey auf, streifte es ab und zog sich langsam, beinahe wie in Zeitlupe, die Sachen an, welche Syri ihr anreichte.

Das warme Strickkleid war wirklich traumhaft schön und knöchellang, genauso, wie sie es sich selber ausgesucht hätte. Zarte Kirschblüten waren lose verteilt auf das dunkelgraue Strickwerk aufgestickt worden, ein weiter Schalkragen lud dazu ein, sich einzukuscheln. Die schwarzen, kniehohen Stiefel mit entzückend nostalgischem Absatz und Schnürung passten ebenfalls wie angegossen.

Syri flocht Lolas Haar zu einem schlichten Zopf, den sie mit einem kindlichen Haargummi mit Plastikkirschen bändigte.

„Danke." Syri schüttelte den Kopf.

„Nichts da. Fast jeder von uns, der ein gewisses Alter erreicht hat, war schon einmal in deiner Lage. Ich habe vor vielen hundert Jahren auch meinen Flieder verloren und bin daran beinahe zerbrochen. Es ist nie einfach, aber auch du wirst es schaffen. Und jetzt los, ich will nicht zu spät zum Anstoß kommen." Lola verdrehte die Augen, als sie sich auf die Beine stemmte und bei Syringa einhakte.

Das Kegelturnier der Dämonen zur längsten Nacht des Jahres war legendär. Die gesamte magische Gemeinschaft traf sich, um die schwarzen Gesellen anzufeuern und sich selbst zu feiern.

19

Endlich. Da seid ihr ja." Blitzschnell waren Syri, deren Gemahl Johannes und Lola von allen möglichen und unmöglichen Wesen umringt. Kaum hatten sie den Platz betreten, auf welchem Feuerschalen und Fackeln für Licht und Wärme sorgten, stand Lola auch bereits im Mittelpunkt des Interesses. Man geleitete sie zu einem am Boden liegenden Baumstamm, der mit Fellen und Decken bedeckt war. Jemand, den sie nicht einmal kannte zwang sie förmlich, sich nah an eines der Feuer zu setzen und eine warme Decke umzulegen. Mit einem Becher Punsch, der nach reifen Süßkirschen und anderen Beeren duftete, versorgt, kam Lola das Leben schon ein wenig einfacher vor. Sie meinte beinahe, die Magie des Ortes zu spüren, an dem sich alljährlich die Wesen der Wälder versammelten, um die längste Nacht des Jahres mit einem ungewöhnlichen Turnier zu feiern.

Dämonenkegeln.

Was im wahrsten Wortsinn gemeint war, denn die Jungs nutzten ihre eigenen Köpfe als Kugeln. Bis sie es zum ersten Mal gesehen hatte, war es auch für Lola unvorstellbar gewesen, dass ein Lebewesen und sein Kopf unabhängig voneinander existieren und sogar miteinander kommunizieren konnten.

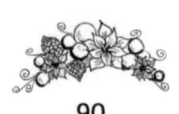

Allerdings klappte die Sache mit der Kommunikation nicht immer.

Manchmal ging eines der Häupter verloren und musste von allen Anwesenden gesucht werden. Das waren die Höhepunkte der Thomasnächte.

Eindeutig.

Das katz- und Mausspiel mit einem fluchenden Kopf und dem dazugehörigen kopflosen Dämon.

Da dieses Spiel seit mindestens einem Jahrtausend am selben Ort zelebriert wurde, war die Wiese vom Zauber der verborgenen Welt förmlich überwachsen. Die Kraft schien förmlich in Lola zu fließen, umhüllte sie und gab ihr die so schmerzlich vermisste Energie zurück.

Die Mannschaft aus acht Dämonen, die für unbedarfte Beobachter einfach nur wie schmucke, wenn auch allesamt in schwarz gekleidete, Kerle wirkten, nahm gerade eben Aufstellung, als Unruhe aufbrandete. Ein Kleintransporter fuhr mit quietschenden Reifen mitten auf die Festwiese mit der abgesteckten Kegelbahn und kam direkt vor Lolas Baumstamm zum Stehen. Die bunte Beklebung auf der Seite deutete auf eines der regionalen Schaubergwerke hin. Buntbemützte Zwerge trugen Hacken und Schaufeln, während sie wie die sieben Zwerge im Trickfilm in einer Reihe marschierten. Eine bessere Tarnung konnte es für die, denen der Wagen gehörte niemals geben.

Gib dich als das aus, dass du bist.

Besser ging es gar nicht.

Die vorderen Türen schlugen auf und drei langbärtige, kleine Männer sprangen heraus. Eine wohlbeleibte Frau folgte, die einen schmaleren, über einen Kopf größeren, jungen Mann am Ohr mit sich zerrte. Der eindrucksvollste unter ihnen schob die Tür an der Seite des Wagens auf, die Lola zugewandt war und bedeutete mit einer harschen Bewegung einigen weiteren jungen Männern, schnellstmöglich auszusteigen. Diese zogen mit gesenkten Köpfen an einem riesigen Korb.

„Los, raus hier. Ihr habt etwas zu sagen!" Die Burschen ließen von ihrer Last ab und stellten sich in einer Reihe vor Lola auf. Am mehrstimmigen Knurren hinter sich erkannte Lola, dass sich einige Mondwölfe zu ihrem Schutz positioniert hatten. Zwei schwere Hände legten sich beschützend auf ihre Schultern. Ein kurzer Blick ließ sie erkennen, dass es Arnold und Ludwig waren, die sich zu ihren Wachwölfen aufgeschwungen hatten. Was kein Wunder war, denn die beiden hatten sich seit dem Feuer damit abgewechselt, an Lolas Lager zu wachen und sie mit kleinen Geschichten rund um den Rudelalltag aufzumuntern. Sie bedeckte die großen Pranken mit ihren zitternden Händen und gebot ihnen so, sich zurückzunehmen. Auch Lola wusste inzwischen um die Identität der Kugelwerfer.

„Lola Kirschbaum. Es tut uns leid. Wir hatten wirklich nicht die Absicht, dir Schmerzen zuzufügen. Wir dachten nur, dass wir endlich auch einmal etwas zum Weihnachtsfrieden beitragen könnten."

Leises Lachen brandete auf, einzig unterbrochen vom Klang der Kopfnüsse, die einige der Übeltäter von den älteren ihrer Art erhielten.

Lola musste ein Schmunzeln unterdrücken. Die Jungs standen wie begossene Pudel vor ihr.

„Was habt ihr euch nur dabei gedacht. Wie sollte man bitteschön herausfinden, warum ihr diese Unmengen an Baumschmuck zerstört habt?"

Der kleinste unter ihnen trat ein Schrittchen vor.

„Naja, wir dachten, dass es doch eindeutig wäre, dass nur dort, wo die Menschen glücklich waren, keine Kugeln lagen. Je besinnlicher die Stimmung wurde, umso weniger Kugeln haben wir verbraucht. Das muss doch erkennbar gewesen sein." Ach herrje.

Aus dem Augenwinkel sah Lola, wie Magdalena die Augen verdrehte und den Kopf schüttelte.

„Offenbar habe ich es nicht verstanden. Ihr habt mir ganz schön Ärger beschert, meine Herren."

„Das wissen wir inzwischen auch. Aber du musst uns verstehen. Bitte Lola, nimm es uns nicht auf ewig krumm. Immer sind es die anderen, die Elfen oder die Magier, die am Wunder der langen Nächte arbeiten und den Frieden bringen. Und weil wir doch jetzt Basti haben, da dachten wir...?"

„Basti? Sebastian vom Kalten Stein. Komm. Sofort. Her." Der größte von ihnen trat mit hängenden Schultern aus der Reihe und vor die kleine, dicke Frau. Diese stemmte die Hände resolut in die Hüften.

„Das hat uns bislang keiner gebeichtet. Was soll das? Du hast versprochen, dich einzufügen. Deine Fähigkeiten zu missbrauchen, stand nicht zur Rede, als wir dich aufgenommen haben. Du gefährdest die Geheimhaltung der Magie. Denkt ihr denn überhaupt nicht? Was glaubt ihr, wenn euch die Polizei erwischt hätte? Oder diese bescheuerten Magierjäger? Habt ihr auch nur einmal an die Konsequenzen gedacht, wenn ihr auffliegt? Jeder von euch kennt die Geschichte von Brigids Gefährten Janus, dessen Mutter erbärmlich verrecken musste, nur weil diese modernen Hexenjäger hinter ihm her waren?" Die jungen Männer zogen die Köpfe ein. Magdalena schob ihre Strickmütze zurück und hob die Hände.

„Himmel, Viola. Nun gib kurz Ruhe. Die Jungen haben es nur gut gemeint. Auch wenn wir über die Ereignisse zumindest grob informiert sind und die Kerlchen Reue zeigen, sollten wir sie hier, vor der Gemeinschaft, ihre Seite der Geschichte berichten lassen. Dann kann ich jeder ein Bild machen. Und ich glaube, gerade Lola Kirschbaum hat diesen Bericht mehr als verdient." Dem konnte Lola nur zustimmen.

Basti trat vor und wrang die Hände.

„Naja, eigentlich hat es zum letzten Weihnachtsfeuer angefangen.

20
Sebastian vom Kalten Stein, ein Jahr zuvor

D er Weihnachtsfriede war verkündet und die Krüge mit Punsch und heißem Met gingen reihum. Basti standen die Tränen der Freude in den Augen, welche er mit aller Macht zu unterdrücken versuchte. Wie selbstverständlich waren die jungen Zwerge zusammengerückt und hatten ihn in ihren Reihen willkommen geheißen. Erst wenige Tage zuvor hatten die Oberen der Gilde ihn feierlich aufgenommen, obwohl sie skeptisch gewesen waren, da Basti nun einmal anders war, als die anderen. Seine ehrsame Mutter, eine Zwergin mit ellenlangem Stammbaum, hatte während einer bierseligen Nacht eine Affäre mit einem, zugegebenermaßen, relativ kleinem, Elfenblütigen begonnen, der Sebastian entsprungen war. Nun war er, als er heranwuchs, für sämtliche Arten Wesen ein Außenseiter gewesen. Die Elfenblütigen wie die Menschen störten sich an seiner zwergenhaft direkten Art, die Zwerge mochten die Elfenmagie in ihm nicht. Das wäre anders gewesen, wenn Bastis Magie sich auf Bodenschätze oder Kristalle bezogen hätte, aber er war ein Heiler. Ein Kräuterkundiger und Gefühlsleser.

Er hatte sich durchbeißen müssen. Aber es war ihm gelungen. Basti hatte je einen Hochschulabschluss in

Geologie und sogar Medizin, aber bislang nie einen Freund gehabt. Sein erster Job nach dem Abschluss des Geologiestudiums war es gewesen, die teilweise großen Einbrüche im Boden südlich des Thüringer Waldes zu untersuchen. Ein Teil der tiefliegenden Hohlräume stammte von Auswaschungen, aber einige, speziell rund um die kleine Stadt Schmalkalden, waren durch eingefallene Stollen der Zwerge verursacht worden. Er hatte beim lokalen Clan um Karten gebeten, um weitere Einbrüche vorhersagen zu können und eventuell dadurch Leben zu schützen. Die verantwortliche Clanchefin war Viola gewesen, die ihn nach langen Gesprächen förmlich gezwungen hatte, sich der lokalen Zwergenfamilie vorzustellen.

Man hatte ihn nach kurzer Diskussion und dem Genuss eines von ihm gespendeten Fasses Bier aufgenommen und nun saß er mit am Weihnachtsfeuer. Er, der bei den seinen als ewig nutzloser Außenseiter galt, war nun zu einem vollwertigen Mitglied eines Clans geworden. Einer der Jungen neben ihm stieß ihn mit der Schulter an und holte Basti damit aus seinen Grübeleien.

„Du kannst wirklich Gefühle lesen?" Basti zuckte mit den Schultern.

„Wenn sie intensiv genug sind, ja. Ich bin natürlich nicht so gut wie ein Elf, aber für meine Zwecke genügt es."

Er beobachtete Julius, den mächtigen Waldelfen, der nur wenige Augenblicke zuvor mit einem gewaltigen Zauber den Weihnachtsfrieden ausgerufen hatte.

Dieser war früher am Abend zu ihm gekommen und hatte sich doch glatt für das Verhalten aller Elfenblütigen entschuldigt, die sich der Missachtung seiner schuldig gemacht hatten.

„Mhm. Was meinst du, kannst du auf die Weise herausfinden, ob es Bräute gibt, die sich mit einem von uns einlassen würden?" Basti schüttelte amüsiert den Kopf.

„Leute. Das ist die bescheuertste Idee ever. Ich werde nicht in den Köpfen irgendwelcher Mädels herumkramen nur, um herauszufinden, ob sie einen von euch heiß finden."

„Ach Mann. Niemals gönnt uns einer was. Aber lass nur. Wir werden auch so Spaß haben." Fröhlich stießen sie miteinander an und besiegelten so eine neue Freundschaft.

21
Sebastian vom Kalten Stein

Dieses Jahr werden wir den Geist der Weihnachtstage heraufbeschwören. Ich habe da auch schon eine Idee." „Max, deine Ideen sind meistens blöde Einfälle." „Lasst ihn ausreden, Jungs. Vielleicht kommen wir so groß raus und können es den alten Knackern mal so richtig zeigen." Basti verdrehte innerlich die Augen. Die Knacker führten die Zwergengemeinschaft seit Jahrhunderten und würden sich nie und nimmer so einfach auf den Nasen herumtanzen lassen.

Nachdem Max seine Idee allerdings bei einigen Humpen Bier dargelegt hatte, musste auch Basti zugeben, dass es etwas für sich hatte, Max` Gedanken zu folgen. Sie beschlossen, ihren Plan mit dem Beginn der Adventszeit umzusetzen. Bis dahin investierten sie in eine Großbestellung bei einem Onlineshop, der direkt aus Asien lieferte und somit kein allzu großes Loch in ihrer aller Geldbeutel riss.

Größer war das Problem, die Lieferung so zu verstauen, dass niemand aus der Gemeinschaft Lunte roch. Immerhin hatten sie eine knappe Million Weihnachtskugeln geordert, die in große Säcke verpackt, nun in einem verlassenen Lagerhaus auf ihre Bestimmung warteten.

Anfangs war es einfach gewesen. Basti war gemeinsam mit einem seiner Zwergenkumpels des Abends durch die Straßen gegangen und hatte in die Häuser gehorcht.

Überall dort, wo er Spannungen und Streit gespürt hatte, hatten sie kurz vor der Morgendämmerung eine Kugel zerschmissen, um davor zu warnen, dass man den Geist der Adventszeit nicht missachten sollte, wenn einem sein Glück lieb war. Jede Nacht drehten sie ihre Runden durch ein großes Gebiet und verteilten ihre Warnungen.

Irgendwann hatten sie begonnen, sich als Christbaumkugelmafia zu bezeichnen, da die Gruppe in ihrer gemeinsamen Verschwörung eng zusammengewachsen war. In dem Glauben wirklich etwas zu bewirken, beobachteten sie allnächtlich, wie es in den Häusern friedlicher wurde.

Sie schoben es natürlich auf die Wirkung ihrer Kugelscherben und nicht auf die zunehmende Besinnlichkeit, die sich in der Adventszeit langsam ausbreitete, wenn es dunkler wurde und Kerzen sowie Lichterketten romantische Stimmungen herausbeschworen.

Aber das war eben ein Problem der Zwerge, die sich noch nie in die feinen Nuancen zwischenmenschlicher Beziehungen hereinfühlen gekonnt hatten.

Einzig Lola Kirschbaum und ihr Lebenspartner schienen immun gegen die Angriffe der Mafia zu sein. Egal, wie viele der glitzernden Objekte sie vor ihre Tür warfen, die Aggressionen schienen in unendliche Höhe zu wachsen.

Basti, der sich doch so viel auf sein außerzwergisches Einfühlungsvermögen einbildete, wurde zunehmend von

Verzweiflung übermannt, was dafür sorgte, dass er seine Bemühungen verdoppelte.

Letztendlich musste er zugeben, dass er auf ganzer Linie versagt hatte.

Hilflos musste er zusehen, wie Torben Lola wiederholt schlug und letztendlich ihren Lebensbaum zerstörte. Das einzige, was ihm blieb, war, dass er es geschafft hatte, ihr Dasein zu retten.

Basti schaute zu Lola. Ihr schien es wirklich besser zu gehen. Vielleicht hatte es wirklich etwas gebracht, dass er über seinen Schatten gesprungen und zu seinem Vater gegangen war, der die Gabe besaß, Pflanzen beim Wachsen zu helfen. Dieser hatte ihm auf sein Betteln hin ein Beutelchen mit einem feinen, grünen Pulver gegeben, dass einen beliebigen Baum die Wandlung zum Hausbaum einer Dryade erleichtern sollte. Am Morgen hatte die Mafiagruppe einen Kirschbaum besorgt, der in einer Baumschule vor Monaten eingetopft, aber niemals verkauft worden war. Sie hatten diesen in einen großen Korb gesetzt und mit dem Pulver bestäubt. Außerdem hatten sie eine Kiste angefüllt mit einer Erstausstattung für einen Haushalt erworben und diese einzeln hübsch verpackte am Fuß des Bäumchens verteilt.

22

Lola beobachtete beinahe amüsiert, wie die Zwergin die Jungs zusammenstauchte. Als diese erstmals nach Luft schnappte, löste sich Basti aus der Gruppe und hob den Korb aus dem Transporter. Er schob ihn wortlos Lola vor die Füße. Ihr fielen beinahe die Augen aus dem Kopf.

„Lola Kirschbaum, du musst uns einfach glauben, dass uns das alles unendlich leidtut. Bitte nimm diese Gabe als unsere Entschuldigung an. Wir versprechen auch, uns nie wieder in die Gefühlswelt anderer Wesen einzumischen." Lola schälte sich zitternd aus den Decken und trat auf das übermannshohe Bäumchen zu. Er roch eigenartig, aber gab ihr ein heimeliges Gefühl. Ein Streifen braunes Klebeband fiel ihr ins Auge. Sie legte vorsichtig die Hand darum und spürte augenblicklich, wie der kleine Zweig, den die Zwerge an einen der schmalen Äste geklebt hatten, seine Zellen teilte und sich fest mit dem Baum verband.

Es war wieder da, das Gefühl von Zuhause.

Sie hatte eine Heimat geschenkt bekommen. Der Boden des Korbes war mit verpackten Geschenken bedeckt, mit denen sich jemand viel Mühe gegeben hatte. Zumindest waren wohl alle Rollen Klebeband, die es lokal zu kaufen gegeben hatte, verbraucht worden. In einer flachen Silberschale lag ihre Sammlung Bergkristalle.

Aber nicht nur die. Zwischen den klaren Steinen funkelten einige eindrucksvolle kirschrote Rubine und Granate.

„Wow. Danke."

„Dank ihnen nicht zu sehr, Lola, immerhin haben sie deine Beziehung auf dem Gewissen. Von deinem Haus ganz zu schweigen." Lola schüttelte den Kopf.

„Nein, Viola, du irrst. Meine Beziehung war auch so am Ende. Ich war bloß zu feige, diese sauber zu beenden. Um das Haus ist es schade, aber sie haben einige meiner wertvolleren Pflanzen gerettet. Bestrafe sie nicht zu hart. Sie sind jung und haben einen Fehler begangen, den sie bestimmt nicht wieder machen." Viola gab ein zweifelndes Geräusch von sich, welches Lola schmunzeln ließ.

„Sie bereuen ihre Missetaten aus tiefstem Herzen, glaube mir. Immerhin hat Basti sich sogar überwunden, Rollo Grünbaum aufzusuchen und diesem sein Wachstumselixir aus den Rippen geleiert. Ich kann es riechen. Immerhin hat Rollo seinen Sohn nie anerkannt. Es muss ihn eine größere Überwindung gekostet haben zu ihm zu gehen, als ihn je eine Strafe deinerseits treffen könnte. Und sie haben meinen letzten Zweig am neuen Baum festwachsen lassen. Deine Mafiagruppe hat mehr geleistet, als man ihnen je zugetraut hätte."

„Trotzdem."

„Ruhe!"

Ein großer, gertenschlanker Elf mit blondem, lang und glatt auf den Rücken hängendem Haar, betrat den Platz.

In seinem Gefolge befanden sich eine große Wölfin und ein weiterer Elf. Die Anwesenden teilten sich vor der Gruppe und schlossen sich dann zum Kreis darum.

Julius wandte sich den bedröppelten Zwergen zu.

„Ihr habt ganz schönes Chaos verursacht, meine Herren. Aber wie es aussieht, ist es nochmal gut ausgegangen." Der Elf trat auf Lola zu.

„Lola, es ist wunderbar, dich in solch einem guten Zustand wiederzusehen. Ich gratuliere zur Trennung und dem wunderbaren Baum." Julius strich über die Zweige, die sofort an Umfang gewannen.

„Auch wenn ich die hirnverbrannte Idee der Gruppe hier," er deutete auf die Jungs; „nicht gutheißen kann, so haben sie doch dafür gesorgt, dass du dich endlich aus einer ungesunden Beziehung befreien konntest. Du hast uns allen ganz schöne Sorgen gemacht, Lola Kirschbaum."

Julius legte ihr eine Hand auf die Schulter und drückte sanft zu. Diese kleine Geste bedeutete Lola alles. War sie doch so viel mehr, als tausend Worte hätten ausdrücken können. Sie bedeutete Zugehörigkeit und Frieden. Als Julius sich zurückzog und das Feld den eigentlichen Akteuren des Abends überließ, waberten Wärme und Stille durch Lolas Geist. Die beiden großen Gestalten zu ihren Seiten boten ihr außerdem Schutz nach außen an.

Das Turnier nahm seinen Gang. Köpfe rollten und sangen dabei schräg und misstönend Weihnachtslieder, deren Körper rannten hinterher, um sich mit ihren Kegelköpfen wieder zu vereinen.

Die beiden Wolfsmänner an ihrer Seite feuerten die Dämonen an, verließen Lola aber nur, um die Getränke aufzufüllen. Als die Zeit bis kurz vor die Morgendämmerung fortgeschritten war, musste das Spiel um den Sieg auf das Folgejahr vertagt werden, da einer der Dämonen ziemlich kopflos durch den angrenzenden Hochwald rannte und nach seiner Kugel suchte. Soweit Lola aus Erzählungen wusste, geschah das regelmäßig und das längste Turnier hatte wegen eines verloren gegangenen Kopfes knapp vierhundert Jahre gedauert.

23

Die Jungs bringen deinen Baum gleich zu mir, Lola. Syringa hat sich etwas Ruhe verdient, bevor deine Schwester bei ihr einfliegt und Jakob alles auf den Kopf stellt." Ludwig nickte über Lolas Kopf hinweg Arnold zu.

„Das ist richtig so. Ich muss dann jetzt auch los. Lola, bei Arnold bist du sicher. Und seit er in der Gegend lebt, hat er endlich auch diesen grässlichen Akzent abgelegt, also solltest du es gut bei ihm aushalten."

„Ich geb dir gleich Akzent." Das Geplänkel der ihr so lieb und teuer gewordenen Männer plätscherte noch eine Weile vor sich hin. Arnold hatte Lola in seine Arme gezogen und sie lehnte sich gelassen an dessen starke Brust. Gleichzeitig vermisste sie die Ruhe, welche der Kontakt mit Ludwig immer in ihrem Inneren hinterließ. Dass sie so kurz nach der Trennung von Torben zwischen zwei Stühlen, beziehungsweise Mondwölfen saß, hätte sie sich noch vor wenigen Tagen nicht träumen lassen. Aber sie fühlte sich von beiden angenommen.

Während der eine leidenschaftlich und besitzergreifend Sicherheit versprach, verschaffte der andere ihr die so dringend benötigte innere Gelassenheit. Lola atmete tief durch und nickte zustimmend.

„Bitte lass uns dann gleich gehen. Ich brauche ein wenig Zeit und Ruhe, um über alles nachzudenken."

Syri hatte Lola Fotos von den Überresten ihres Hauses gezeigt. Dorthin konnte sie auf keinen Fall zurück. Wie mit der Ruine zu verfahren wäre, würde die Zukunft zeigen. Nur der Verlust ihres Geschäftes machte ihr gewaltig zu schaffen. Lola würde relativ kurzfristig eine Lösung finden müssen, ihr Leben wieder in geordnete Bahnen zu lenken. Sie wollte niemandem zur Last fallen und war es sowieso gewohnt, für sich selber zu sorgen. Sie plante mitnichten, daran etwas zu ändern.

„Wow. Hier wohnst du?" Arnold ließ Lola von seinem herrlich warmen Rücken gleiten. Sie hatten die Strecke zu seinem Heim im Galopp quer durch den Wald zurückgelegt und nun stand sie neben dem großen, vollmilchschokoladenbraunen Wolf an einer verträumten Hinterpforte. Die kahlen, aber dornenbewehrten Ranken einer Kletterrose überzogen einen eisernen Bogen, der auf einer massiven Sandsteinmauer verankert war.

Die Mauer zog sich, soweit Lola wusste, um den Garten eines alten Gemäuers, dass zu früheren Zeiten einmal eines der seltenen steinernen Herrenhäuser gewesen war und damit die Heimat eines uralten Kaufmannsgeschlechts darstellte.

Diese meist als steinerne Kemenaten bezeichneten Bauwerke zeichneten sich durch dicke Mauern und zumeist kleine Fenster aus. In ihrem Inneren herrschte ein ziemlich gleichbleibendes Klima.

Durch das Alter der Häuser fanden sich fast immer Spuren magischer Bewohner im Inneren und sei es nur durch Echos vergangener Wesen oder vereinzelt sogar Gespenster. Daher wandte Lola sich sicherheitshalber an Arnold, noch bevor sie auch nur die Hand an Tor oder Mauer legte.

„Beherbergt das Haus Mitbewohner?" Sie war einmal der jammernden Osanna begegnet, die um Schmalkalden schon jahrhundertelang ihr schmuddeliges Unwesen trieb und konnte mit Sicherheit auf weitere Treffen verzichten. Arnold schnaubte abwertend, was Lola als „Nein" verstand.

Als sie das schmiedeeiserne Türchen aufschob, stockte ihr der Atem.

Halluzinierte sie? Das, was da vor ihren Augen erschien, konnte nicht an diese Stelle gehören. Es schien viel eher ihren heimlichen Träumen entsprungen zu sein.

Mitten auf dem großen Rasenstück stand ein traumhaftes Gewächshaus viktorianischer Art.

Eiserne Spitzen schmückten den Giebel des spitzen Daches, während sich geschmiedete, überaus zierliche Ranken über die Fensterrahmen und teilweise sogar die großen Scheiben zogen. Auf dem Glas klebten noch rot beschriftete Schutzaufkleber.

Lola blieb der Atem stehen. Sie wandte sich zu Arnold um, der gerade einen speckigen Ledermantel unter einem Stein hervorzog, sich wandelte und diesen überwarf.

Mit errötenden Wangen senkte Arnold den Blick, als ginge ihm gerade erst auf, wie diese Gabe wohl ankommen könnte.

„Es verpflichtet dich zu nichts. Aber ich dachte, dass du deinen Beruf liebst und wollte dir eine Freude machen."

Lola wusste nicht, wie sie darauf reagieren sollte. Noch nie hatte ein Mann so etwas freiwillig für sie getan.

Arnold griff nach ihrer Hand.

„Komm. Ich zeige dir alles." Wie ein Kind, dass seine Lieblingsspielsachen dem besten Freund vorführen musste, egal, was geschah, demonstrierte er Lola jeden einzelnen Spaten, die leeren Blumentöpfe und den glasüberdachten Gang, der trutzig anmutenden Wohngebäude führte.

Die dicken Mauern schienen, wie sie es sich bereits gedacht hatte, Geschichten aus den alten Märchen zu wispern, als Lola hinter Arnold die geräumige, doppeletagenhohe Halle betrat. Die Wände waren weiß gekalkt worden und bildeten den idealen Hintergrund für zwei hochformatige Gemälde, welche aus Rotkäppchen hätten entsprungen sein können, wenn Lola nicht die Frauen unter den roten Umhängen nur zu gut gekannt hätte. Eine der beiden war Margarethe, des Clemens Eheweib und Heilerin mit Elfenblut, die andere, die da neben ihrem Gemahl stand war eindeutig Luise.

Ihr anderes Ich. Lola schluckte.

„Conny hat sie vorhin vorbeigebracht. Wir dachten, dass es dir gefallen würde." Lola nickte. So fühlte es sich also an, wenn es einem die Sprache verschlug.

Als wäre es nicht genug, öffnete Arnold eine schmale Tür, die in einen großen, luftigen Raum führte. Eine weitere Tür führte nach draußen, daneben war ein großes Spitzbogenfenster in Schaufenstergröße eingelassen. Der Blick führte auf die schmale Pflasterstraße, welche direkt in den Ort führte.

„Wenn du magst, dann kann das dein Laden werden." Lola sank zu Boden und rieb sich mit beiden Händen über das Gesicht. Warme Hände griffen nach den ihren.

„Hör mir zu. Egal, was passiert, du wirst hier immer ein Zuhause haben. Ich habe mich in dich verliebt, als ich deiner zum ersten Mal ansichtig wurde. Und bevor du auch nur ein Wort sagst, ich bin alt genug um zu wissen, was ich will. Wenn du mich nur zum Freund haben willst, auch gut. Auch wenn es mir lieber wäre, wenn ich die Erlaubnis von dir bekäme, um dein Herz zu kämpfen." Ein lautes Klopfen durchbrach die Seifenblase, welche beide in den letzten Minuten von der Außenwelt abgeschirmt hatte. Durch das große Fenster glotzte breit grinsend die vollständige Christbaumkugelmafia.

Der hübsche neue Kirschbaum fühlte sich dank der Elfenmagie und des aufgepfropften Zweiges ihres alten Zuhauses schon nach einer Nacht in der steinernen Kemenate der blassen Gräfin, wie man das alte Haus auch nannte, beinahe perfekt an.

Arnold hatte ihr ein großes Zimmer zugewiesen, vor dem sich eine kleine, auf drei Seiten von Mauern beschützte Terrasse befand. Deren Pflasterbelag war am Vorabend von den Zwergen aufgerissen worden, um dem Bäumchen eine Heimat zum Wurzelnschlagen zu schaffen. Arnold hatte ihr angeboten, den Baum vorerst im Korb zu belassen, bis Lola sich entschieden hätte, was sie wirklich von Herzen tun wollte.

Nicht, dass sie sich vorstellen konnte, so schnell dieses Zuhause wieder zu verlassen, aber diese Frage hatte sich bereits nach dem Anbruch der nächsten Nacht so und so erledigt. Lola war frierend und matt, mit juckender Haut zu ihm gekrochen und sie hatten Arm in Arm gelegen, sich aus ihren Leben erzählt und waren dabei tief entspannt eingeschlafen.

Lola hatte sich ein dickes Federbett in den breiten Hängesessel gepackt, der auf der Terrasse von einem der wuchtigen Balken hing. Im Sommer war es garantiert superromantisch, wand sich doch ein uralter Blauregen um die dicken Eichenbalken.

Soeben war Ludwig gegangen. Lola hatte ihm reinen Wein eingeschenkt. Dass sie bei Arnold bleiben und schauen würde, was die Zukunft für sie bereithielt. Ludwig war die Erleichterung anzusehen gewesen. Er wollte wirklich nur ein guter Freund sein. Ein guter Freund, der heimlich einen der hübschen, wasserklar gelassenen Wassernymphen liebte.

Lola musste sich über die Feiertage unbedingt mit Luise aussprechen und sehen, was sie für ihn tun konnten. Früher waren sie die Kuppelköniginnen gewesen und hatten noch jeden Kumpel in feste Hände überführt.

Nur Lola selber hatte wohl kein glückliches Händchen bei der Wahl ihres Partners bewiesen. Torben hatte ihr in den vergangenen Tagen unzählige Beschimpfungen auf dem Handy hinterlassen, in denen er Schadensersatz für einen Teil seines Eigentums forderte, den er durch die Flammen des Feuers verloren hatte.

Lola hatte das dumpfe Gefühl, dass das Ende der Anrufe etwas mit dem Verschwinden Arnolds vor einigen Stunden auf sich hatte. Wahrscheinlich hatte er die Anwesenheit Ludwigs schamlos ausgenutzt, um Torben die Leviten zu lesen. Sie beschloss, dass es ihr egal war.

Aber etwas anderes musste schnellstens erledigt werden.

Sie griff nach dem Smartphone, das neben ihr zusammen mit einigen Unterlagen auf einem schmiedeeisernen Tischchen lag.

„Lisa? Hier ist Lola Kirschbaum. Ich hätte eine da Bitte an dich." Lola strich das rußverschmierte Heft glatt, welches die Mafia aus ihrem Laden gerettet hatte.

„Du hast es bestimmt schon gehört." Lola zuckte zusammen, als Lisa gemeinsam mit Sophia in den Hörer brüllte und die beiden sich tierisch aufregten, dass sie sich jetzt erst meldete. Sie ließ sie sich austoben.

„So, jetzt bin ich dran. Könnt ihr die Bestellungen einiger meiner Kunden übernehmen? Ich würde diese gleich anrufen und an euch weiterleiten." Niemand sollte an Weihnachten auf ein Geschenk oder eine romantische Festtagsdekoration verzichten müssen. Und wer, wenn nicht die Mädels aus „Lisas Blütenpracht" wären besser dafür geeignet, Augen glänzen zu lassen?

Lola würde im neuen Jahr den vorderen Raum der Kemenate in einen Blumendekowunderraum verwandeln. Aber bis dahin wollte sie sich erholen und ihr neues, nun doch nicht menschliches Dasein genießen.

24

Lola Kirschbaum! Es tut so gut zu sehen, dass du dich erholt hast." Lola blickte hinter sich, wo das höchste Feuer dieses wundervollen Abends loderte.

Erst wenige Minuten zuvor waren Arnold und sie auf der großen Wiese bei der Tanzbuche am Rennsteig eingetroffen. Die Mitglieder der magischen Gemeinschaft versammelten sich alljährlich hier oben um sich, die Raunächte und den Beginn der Weihnachtszeit zu feiern.

Vor allem aber, um den Weihnachtsfrieden in die Welt zu rufen. Am Feuer hinter Lola saß der gesamte Zwergenclan der weiteren Umgebung und man ließ bereits Platten mit duftenden Braten, Metkrüge und literweise Bier kreisen.

Der Rufer entpuppte sich als Sebastian vom Kalten Stein, der einen ziemlich guten Einfluss auf die jungen Zwerge haben würde, wenn er sich denn endlich durchsetzen würde.

Sie löste sich vom Arm Arnolds, der auch gleich zu seinesgleichen verschwand und ließ sich auf dem Platz auf einem der mit Kissen belegten Baumstümpfe nieder, welche den Zwergen als Sitzgelegenheiten dienten. Die Mafiagenossen reichten Lola einen duftenden Metbecher und legten ihr fürsorglich eine Decke um den Rücken.

Während der Tage seit der Thomasnacht am 21. Dezember hatten sie sich mehrfach getroffen und dabei angenähert.

Die jungen Zwerge hatten ziemlich schlechte Gewissen. Wozu der Ärger, den der Clan ihnen verschafft hatte, natürlich beitrug. Sie taten Lola schon richtig leid. Immerhin war für sie beinahe alles gut ausgegangen. Nur, ob sich ihr Baum vernünftig mit dem alten Steinhaus verbinden würde, musste erst der nächste Sommer zeigen. So lange war sie gezwungen, täglich einige Stunden im Inneren des Bäumchens zu verbringen. Später würde sein Wesen das Schlafgemach durchwachsen und ihr damit ein beinahe menschliches Leben ermöglichen. Was sie eigentlich nicht mehr wollte. Lola schüttelte innerlich über sich selber den Kopf. Ihr Rückzug in die Welt der Menschen war gründlich schiefgelaufen. Erst Arnolds Anwesenheit hatte ihr deutlich gemacht, dass sie sich nie hatte fallen lassen können. Im Alltag mit Torben war es immer an Lola gewesen, sich zurückzunehmen und ihre Art zu verbergen. Aber sie war eine Dryade. Ein Baumgeist, etwas, dass die Menschen früherer Zeiten als Naturgottheit bezeichnet hatten. Erst die Übergriffe der Zwergenjungs hatten sie auf den Weg geführt, der doch eigentlich der ihre war. Eine tiefe Zufriedenheit breitete sich in ihrem Inneren aus. Aus dem Augenwinkel bemerkte sie Ludwig, der verschämt lächelnd einen blonden Mann mit wasserblauen Augen an der Hand hielt. Da war ganz offensichtlich noch jemand über seinen Schatten gesprungen.

Kurz darauf heulten die Wölfe am Rand der Wiese ihr allweihnachtliches Rudeljaulen und gaben damit den Startschuss für die Waldelfen.

Die Zauber und Reden nahmen ihren Lauf. Zwischendurch brandete Unruhe auf, als die letzten Gäste eintrafen. Lola fand sich im nächsten Augenblick fixiert wieder. Die langen, weichen Arme ihres Zwillings umfassten sie wie Schraubzwingen, während Jakob sich um ihre Beine wickelte. Einzig Conny verzichtete darauf und verpasste ihr nur eine liebevoll gemeinte Kopfnuss.

„Endlich. Wurde Zeit, dass auch du einen richtigen Kerl erwählst. Willkommen im Rudel, Lola Kirschbaum."

Wo er recht hatte….

Als die Gesänge der Elfen in den Himmel stiegen, kuschelte Lola sich an die Seite Arnolds. Das Gefühl, genau dort zu sein, wo sie hingehörte, verstärkte sich mit jeder Zeile, die Julius sang. Der Elf schien nur für sie die alten Weisen zu intonieren. Die Flammen stiegen höher, als er um Frieden und Zufriedenheit bat. Schneeflocken lösten sich aus den hochstehenden Wolken und tauchten die Festwiese in ein golden glitzerndes Lichtermeer. Die Flocken färbten sich dunkelrot, als die Flammen der Feuer sich scharlachrot färbten und Julius Stimme vom Boden abhob.

„Frieden sei der Erde, ihren Bewohnern und der Natur. Möge Glückseligkeit in jeden Winkel dringen und die Sorgen schwinden. Licht für jeden, der es ersehnt und Ruhe für die Eiligen. Gelassenheit und Geduld den Gestressten und Schlaf den Müden. Ich wünsche frohe Weihnachten!"

Lichterbögen zogen sich über den Himmel, Funken stoben und Schnee fiel.

Am Feuer der Mondwölfe kuschelten sich andere Wesen an ihre wölfischen Partner und genossen es, ihre innere Heimat gefunden zu haben. Die große Liebe kam nicht immer mit einem Paukenschlag der Gefühle. Manchmal braucht sie

Lola war endlich zu Hause. Sie würde ihr Glück mit beiden Händen greifen und festhalten. Für immer.

Die Christbaumkugelmafia hatte letztendlich doch Erfolg gehabt. Den Jungs vom Zwergenclan war Lolas Dankbarkeit für alle Zeiten gewiss.

WAS NOCH ZU SAGEN WÄRE

Ich wünsche Euch allen ein besinnliches Weihnachtsfest! Dieses Jahr habe ich beschlossen, mich bei einigen superlieben Helferlein mit dem Weihnachtsbuch zu bedanken. Ich hoffe, Ihr habt Euch im Buch gefunden!

Solltet Ihr, meine lieben Leser, Lust auf mehr haben, dann schaut einmal kurz auf die nächsten Seiten.

Und wenn Ihr alle diese Bücher schon kennt, dann seid beruhigt, ich tippe mir bereits die Finger wund.

Im Frühjahr wird es ein, sagen wir mal so…, IT-Abenteuer geben.

Eure Margarethe Alb

BUECHER AUS MARGARETHES FEDER:

Rynestig-Reihe:

„Was ich nicht weiß macht mich nicht heiß." So oder so ähnlich müssen die Autoren von diversen Sagen – oder Märchenbüchern gedacht haben, als sie einfach irgendwelche Halbwahrheiten abdruckten.

Damit wird ab sofort aufgeräumt.

Aber total.

Aus diesem Grund entschloss sich eine der letzten Waldelfen die Erinnerungen an ihr langes Leben aufzuschreiben. Ihr habt bis jetzt geglaubt, weiße Frauen zu beobachten wäre lustig? Wölfe verspeisten nur so zum Spaß Menschen?

Oder Zwerge sind kleine, goldgierige Stinker? Na gut, sind sie. Einige von ihnen jedenfalls.

Als Kräuterfrau und Halbelfe war Margarethe ein turbulentes Leben garantiert. Wer kann denn außer ihr schon von sich behaupten, auf einem Werwolf geritten oder von einer Nymphe aufgeklärt worden zu sein.

Worüber? Ich werde mich hüten, hier und jetzt alles zu verraten. Macht euch ein paar schöne Stunden und lest es doch einfach selbst.

Teil 1 Wolfsmohn

Teil 2 Veilchenherbst

Teil 3 Eiseswärme
Teil 4 Flittermond
Teil 5 Fliederherz
Teil 6 Hexenkraut
Band 1-3, 4-5 und 6+Flammenhaupt sind auch als Sammelbände erhältlich

Fortführung der Rynestig-Bücher, aber jedes für sich lesbar:

Fliederblütenregen;
Fernweh +
Der Dschinn im Spiegel (Teil 7a+7b)

Syringa ist hoffnungslos verliebt.

Und zwar seit mehr als zweihundert Jahren, was selbst für eine Dryade ziemlich verrückt klingt. Denn ihr Angebeteter hat sie vor eben dieser Zeit verlassen, um ohne sie, die durch ihre Natur an die Heimat gebunden ist, durch die Welt zu ziehen. Syri hat sich daran gewöhnt, allein zu sein und den ehrenwerten Wolfsritter Johannes von der Wallenburg einzig aus der Ferne anzuschmachten. Nur die alte Otter Schosch leistet ihr tagtäglich Gesellschaft, da diese sich zwischen den Wurzeln von Syringas heimischem Fliederstrauch angesiedelt hat.

Aber im Jahre 1510 kehrt Johannes plötzlich auf die heimische Wallenburg zurück und die Gerüchteküche beginnt zu brodeln. Von einer Braut aus dem fernen Orient berichten die Weiber.

Syri trägt es mit Fassung, bis zwei wildfremde Wölfe die so lebenswichtigen Ableger ihres Fliederstrauches zerstören. Als dann noch ihr Strauch an sich zum Sterben verdammt wird, bricht ihre ganze Welt zusammen.

Dieses schreckliche Ereignis stellt den Beginn eines orientalischen Abenteuers dar. Dabei erlebt Ihr die Höhen und Tiefen des Dryadentums.

Vielleicht. Eventuell.

Und außerdem erfahrt Ihr, warum Verwurzeltsein nicht automatisch bedeutet, an einen Ort gebunden zu sein und wieso man vorsichtig damit sein sollte, was man sich wünscht.

Coatlicue (Teil 8)

Janus Schlingmann hat es beinahe geschafft. Er ist einer der führenden Experten, wenn es um die Deutung und Zuordnung von Ouroboroi, den antiken Schlangenkreisen, geht. Schon seine erste Forschungsarbeit wäre ein Erfolg geworden, wenn seine damalige Freundin Brigid nicht die Veröffentlichung verhindert hätte. Janus ist längst darüber hinweg, als er nach Peru berufen wird, um am Oberlauf des Amazonas eine ungewöhnliche Darstellung eines Schlangenkreises zu begutachten. Wieder ist es dabei Brigid, die ihre Hände im Spiel hat und wieder macht sie ihm einen Strich durch die Rechnung seiner Karriere. Aber was ihn da nach der Landung in Lima erwartet, hätte er sich niemals träumen lassen.

Plötzlich gerät der so abgeklärte Wissenschaftler in den Sog einer Welt, an die zu glauben er sich nie gestattet hätte.

Aber…. VORSICHT! Wenn Ihr euch, warum auch immer, vor Kriechtieren, speziell vor Nattern, Ottern, Vipern oder sogar den gutmütigen Anakondas fürchtet, eventuell sogar Ekel empfindet, dann lasst gefälligst die Finger von diesem Buch.

Kristallklare Ewigkeit (Teil 9)

Die große und überaus mächtige Weiße Frau Aeola trug einmal einen anderen Namen. Damals, als sie noch ein menschliches Leben führte. Violante war einstmals die Tochter des Ritters Odo. Wie es sich für ein Fräulein im Jahre 968 gehörte, war ihr Lebensweg vorbestimmt. Sie musste heiraten, um Allianzen zu festigen. Oder doch nicht? Das würde sie, wenn da nicht der Zauber der alten Wesen der Wälder wäre und sie erkannt hätte, dass sie so viel mehr war. Eine Herrin über Teile der Wälder. Wenn sie nicht plötzlich in eine Existenz gezogen würde, die ihr noch kurz zuvor unglaubhaft erschien. Oder, wenn da nicht der Erbe der Nachbarburg wäre.

Einzelbücher, aber mit bekannten Charakteren:

Glitzertanne, ein Adventskalender

Die junge Kaufmannstochter Kunigunde muss zurückbleiben, als ihr Vater im Herbst des Jahres 1493 auf Handelsreise geht. Und spurlos verschwindet.

Zwei junge Ritter begleiteten die Kaufleute auf ihrer Fahrt durch die Wälder und machten sich nach Andreas' geheimnisvollem Verschwinden auf die Suche. So weit so gut. Wenn es denn nur einfach zwei Ritter gewesen wären. Oder eben eine einfache Kaufmannstochter. Oder so.

Und warum bekommen die Rittersleute den entscheidenden Tipp von einem Kerl, der mitten im Feuer logiert? Und was hat das Ganze mit Weihnachten zu tun?

Hier tun sich sagenhafte Abgründe auf. Ach was, märchenhafte Klüfte.

Nachdem letztes Weihnachtsfest mit der Kurzgeschichte „Glaskugelliebe" (erschienen in der Anthologie „Weihnachtszauber") ein Liebespaar sein Weihnachtsfest erlebte, stehen dieses Jahr die Zeichen auf Nebel und Sturm. Und Familie. Vermutlich.

Glitzerstaub, ein Weihnachtswunderbuch

Im Hause der Fliederdryade Syringa hat man es doch glatt gewagt, sich auf eine besinnliche Weihnachtszeit zu freuen. Wenn, ja wenn da nicht plötzlich ein Monster unter dem Bett des kleinen Jakob eingezogen wäre. Noch dazu tauchen immer mehr schwerverletzte, eigenartige Wesen in der näheren Umgebung auf, welche die magische Gemeinschaft in ziemliche Unruhe versetzen.

Wer die Wesen der Rynestig-Bücher bereits kennengelernt hat, wird viele alte Bekannte wiedertreffen und mit ihnen eine ziemlich turbulente Vorweihnachtszeit erleben. Jawohl.

Ob es ein Happy End für alle geben wird, oder fällt Weihnachten buchstäblich in den Schnee? Fragen über Fragen, auf die es aber eine Antwort gibt. Dieses Büchlein. Oder so.

Margarethes Menagerie der Drachen, Kinderbuch

Ihr glaubt, Drachen gibt es nur im Märchen? Pustekuchen.

Elf Kinder und Jugendliche schildern ihre ganz persönlichen Erfahrungen mit den unterschiedlichsten Drachen. Na gut, es sind auch zwei Gruppen von Berichterstattern dabei. Und natürlich die Halbelfe Margarethe, die sich die Kids zusammengetrommelt hat. Entstanden ist das ultimative Nachschlagewerk für alle Dracheninteressierten.

Flammenhaupt, zwei Kurzgruseleyen

Was geschieht, wenn flammende Dämonen ein Turnier veranstalten und etwas schief läuft? Oder wie verschwinden Hühner aus fest verschlossenen Ställen? Fragen über Fragen, mit denen sich die beiden rein wissenschaftlichen Abhandlungen in diesem Büchlein auseinandersetzen. Als Halbelfe habe ich da ja so meine Verantwortung den Bewohner unserer Wälder und der umliegenden Dörfer gegenüber. Und der komme ich immer nach. Na gut, meistens. Obwohl hier letztens Irgendjemand doch glatt behauptet hat, das wären einfach nur zwei Gruselgeschichten. Verleumdung!

Anthologien:

Weihnachtszauber

Weihnachtszauber Eine Weihnachts-Anthologie zugunsten des Kinderhospiz Mitteldeutschland Nordhausen e.V.

12 Autoren zeigen, wie ihre Romanfiguren das Fest der Liebe erleben und bieten so einen unvergleichlichen Blick auf fantastische Welten, prickelnde Begegnungen und tiefe Abgründe. In jeder Geschichte ist der besondere Zauber von Weihnachten zu spüren.

Mit dem Kauf dieser Anthologie zaubern Sie nicht nur ein Lächeln in das Gesicht des Lesers, sondern tragen dazu bei, dass Kinder ihren eigenen Weihnachtszauber erleben dürfen. Beschenken Sie sich selbst oder Ihre Lieben mit "Weihnachtszauber" und helfen dabei, Gutes zu tun. Sämtliche an der Anthologie beteiligte Personen (Autoren, Lektor, Cover-Designer etc.) verzichten auf ihr Honorar, damit der Erlös zu 100% dem Kinderhospiz zu Gute kommt.

Aetherseelen

In der Nacht auf Allerseelen stellt man Kerzen auf Gräber. Es ist die Nacht, in der die Pforten zum Jenseits weit offen stehen.

Aber welches Jenseits?

Himmel oder Hölle oder gibt es gar noch mehr?

In dieser Nacht kann viel geschehen, vor allem, seit der Æther – dieser grüne Nebel, aus dem Wesen aus Mythen und Legenden entsteigen – die Welt noch unberechenbarer gemacht hat.

Zwölf Autoren mit insgesamt vierzehn Geschichten haben über diese besondere Nacht geschrieben.

Mystisch, gruselig und andersweltlich.

Arbeitsbericht des Bundesamtes für magische Wesen:

1.Migration, Heimat und Herkunft

Benefiz-Anthologie zugunsten von PRO ASYL:
Um zur gelungenen Aufnahme von Flüchtlingen beizutragen, stellen MitarbeiterInnen des Bundesamts für magische Wesen hier fiktionalisierte Berichte vor: Die meisten handeln von gelungenen und weniger gelungenen dauerhaften Wohnsitzwechseln. Andere erzählen von der Schwierigkeit, sich zwischen Ländern und Spezies zu verständigen.
Mit Beiträgen von: Alpha O'Droma, Angelika Monkberg, Antonia Günder-Freytag, Hagen Ulrich, Patricia Strunk, Carmilla DeWinter, Margarethe Alb und einigen mehr.

2. Weihnachten und andere Amtsangelegenheiten

Und wieder berichten die AutorInnen des Bundesamtes für magische Wesen über ihre Beobachtungen der Mitbürger mit magischem Hintergrund. Mit diesem dritten Arbeitsbericht, der zu Weihnachten 2017 erscheint, übernimmt der amtseigene Bundeslurch Verlag die Publikation der Arbeiten fantastischer Autoren.

10 Kurzgeschichten von Chris Schlicht, Margarete Alb, Anne Zandt, Tina Becker, Marcus Watolla, Dorothee Reimann, Carmilla DeWinter, Katrin Minert, Carola Jürchott und Hagen Ulrich. Chris Schlicht: Die Heiligen der Nacht Der junge Mönch Tomas stirbt bei einem großen Erdbeben - und wacht in der nächsten Nacht als Steinseele wieder auf. Tagsüber als Statue gefangen, ist er nachts stiller Beobachter der Menschen. Damit will er sich allerdings nicht abfinden. Margarete Alb: Das Thomasturnier Cernun Otternherr hat sich vor seinen Feinden im Schmalkaldischen Exil verkrochen. In der längsten Nacht des Jahres lockt ihn eine ausnehmend seltsame Zusammenkunft von Dämonen aus seinem Versteck. Anne Zandt: Wintermond Treffen Sie einen Werwolf, der sich mit Überstunden, den Gerüchen vom Weihnachtsmarkt und genervten Pendlern herumplagen muss. Schafft er es rechtzeitig vor seiner Verwandlung nach Hause? Tina Becker: Blutmond um Mitternacht Im winterlichen Wald kommt eine Hexe grausam ums Leben. Minna, die Oberste des Hexenzirkels, verdächtigt die Werwölfe und schwört grausame Rache. Markus Watolla: Das Geheimnis des Peter Gennersheim Der neue Nachbar verhält sich äußerst seltsam. Ist das Verfolgungswahn, oder ist wirklich jemand hinter ihm her? Dorothe Reimann: Jahr und Tag 'Meine Damen und Herren, Sie arbeiten ab heute für das Bundesamt für magische Wesen, Sektion Taktisches Drachengeschwader 35 'B'. Die Mitarbeiteranzahl beträgt mit Ihnen 54.' Carmilla DeWinter: Ruhige Feiertage Der Incubus Frisk ist in Karlsruhe untergetaucht. An Heiligabend gerät er

in die Auseinandersetzung zwischen einem verirrten Alben und einigen Betrunkenen. Die resultierende Explosion ruft die Behörden und eine erpresserische Hexe auf den Plan. Katrin Minert: Schneeflöckchen Bob, wandernder Tischlergeselle und Wermaus, trifft eine geheimnisvolle Frau namens Skadi Flocke, die immer ein Hauch nach Schnee umweht. Genau deswegen ist allerdings ein skrupelloser Geschäftsmann hinter ihr her. Hagen Ulrich: Sebastians blutige Prüfung Sebastian Harrach, magiebegabter und entführter Sohn des fundamentalistischen CDU-Politikers Peter Harrach, gilt als tot. Seine Freunde sind in ihrer Trauer wie gelähmt. Der hinter der Entführung stehende Peter Harrach wird Innenminister in der sächsischen Landesregierung. Derweil werden an Sebastian in einer polnischen Klinik Verfahren zur Homoheilung getestet. Doch dann findet Sebastians magischer Ring den Weg zu seinem Eigentümer. Sebastian erwacht aus seiner Situation. Und nimmt Rache.

Margarethe Alb